全民微阅读系列

我的名字叫纯

刘国芳 著

江西高校出版社

图书在版编目（CIP）数据

我的名字叫纯/刘国芳著. —南昌：江西高校出版社，2017.9（2020.2 重印）

（全民微阅读系列）

ISBN 978-7-5493-5880-9

Ⅰ.①我… Ⅱ.①刘… Ⅲ.①小小说—小说集—中国—当代 Ⅳ.①I247.82

中国版本图书馆 CIP 数据核字（2017）第 215533 号

出版发行	江西高校出版社
社　　址	江西省南昌市洪都北大道96号
总编室电话	（0791）88504319
销售电话	（0791）88592590
网　　址	www.juacp.com
印　　刷	永清县晔盛亚胶印有限公司
经　　销	全国新华书店
开　　本	700mm×1000mm　1/16
印　　张	13
字　　数	180 千字
版　　次	2017 年 10 月第 1 版 2020 年 2 月第 2 次印刷
书　　号	ISBN 978-7-5493-5880-9
定　　价	36.00 元

赣版权登字-07-2017-1023

版权所有　侵权必究

图书若有印装问题，请随时向本社印制部（0791-88513257）退换

目录

CONTENTS

第一辑　儿童时光

稻草人　/002

希望　/004

回家　/007

迷路　/009

相思蔷薇　/011

让别人漂亮　/015

珍惜生命　/017

像爸爸的人　/019

画妈妈　/021

老人与孩子　/023

第二辑　都市霓虹

城市女孩　/027

红发带　/031

我的名字叫纯　/033

应验　/035

离婚　/039

他也是男人　/042

望远镜　/045

文文　　/048

赚钱　　/052

借刀　　/055

新来的邻居　　/058

对面　　/061

请不要开这样的玩笑　　/064

报警　　/067

第三辑　爱情魔方

那一夜　　/072

游客　　/075

停车　　/080

差异　　/083

玫瑰的N种结果　　/086

意外　　/088

我还要不要找对象　　/092

爱情发夹　　/094

青苹果　　/097

传呼爱情　　/100

浪漫玫瑰　　/104

第四辑　带刺玫瑰

领导来电　　/108

你居然还敢来　　/110

脱光　/113

粗心　/115

改行　/117

狗　/120

见鬼　/123

镜子　/126

贼　/129

打错了人　　/132

麻烦　/134

第五辑　生活百味

坐上宝马车　　/139

女孩与车　　/141

习惯　/144

赔偿　/147

蓝眼睛　　/150

门　/152

模式　　/155

彩电　　/157

歪打歪着　　/160

第六辑　乡村风情

三月桃花开　　/165

一个朋友叫树　　/168

衣服　　/171

不敢回家　　/174

过渡　　/178

我不认识你　　/180

村里有狗　　/185

强奸　　/188

小麦　　/191

海选　　/194

这是什么动物　　/197

谶语　　/199

第一辑

儿童时光

稻草人

孩子总吵着要去乡下的外婆家。孩子的外婆,也天天盼着孩子去。但孩子的母亲不让,她总说乡下脏。有一次,孩子又哭又闹,一定要去外婆家,母亲就没办法了,母亲给孩子捡了一堆衣服,开车把孩子送到了外婆家。放下孩子,母亲说:"不要乱跑。"

母亲又说:"乡下脏,要注意卫生。"

说完,孩子母亲就开车赶回去上班了。

母亲才走,孩子便在村里到处走着,玩着。开始,还让外婆牵着。后来,就一个人到处乱走了。不仅在村里走,还出了村。在村外,孩子看见田里站着一个人,一个很难看很难看的人。孩子有些害怕,不敢过去,站那儿看。看了一会儿,孩子明白了,那不是真的人,是一个稻草人。孩子在童话书上看过稻草人,童话书上的稻草人穿着红红绿绿的衣服,很好看。但这个稻草人和童话书上的稻草人完全不同,这个稻草人穿的衣服破破烂烂。孩子后来走过去,孩子对稻草人说:"你怎么穿得这么破破烂烂呀?"

孩子又说:"噢,是乡下没有好衣服穿吧。"

孩子有好看的衣服,孩子母亲跟他捡了一堆衣服来。孩子随后跑回去拿了一件衣服来,然后穿在稻草人身上。穿好后,孩子说:"现在你好看了。"

孩子这天还看见几个稻草人,这些稻草人,全都穿得破破烂烂。有一个稻草人,身上的衣服只是一块布。孩子就对这个稻草人说:"乡下没有衣服吗?"说着,孩子又跑回去,把自己的衣服拿来。孩子的衣服红的、黄的、绿的都有,把这些衣服穿在稻草人身上,稻草人也就像童话书上的稻草人一样红红绿绿,很好看。

这天傍晚,孩子的外婆给孩子洗澡换衣服时,发现孩子包里的衣服少了很多,外婆就问孩子:"你的衣服怎么少了?"

孩子说:"我给稻草人穿了。"说着,孩子牵着外婆去看稻草人。看见稻草人,外婆也觉得稻草人好看。外婆说:"这些稻草人还真好看呢。"说着,外婆就动手把稻草人身上的衣服脱下来。但孩子不肯,孩子说:"干吗要脱下来呀?"

外婆说:"你母亲看见了会生气的。"

孩子说:"她不知道。"

外婆不再坚持了,外婆说:"那明天再来脱下来。"

但第二天一大早,孩子的母亲就来了。母亲不放心孩子,开车来看看。在村外,眼睛有点近视的母亲就看见孩子站在田里。孩子的母亲很生气,停了车走过去,但近了,孩子的母亲才发现那是一个稻草人。但很快,孩子的母亲认出稻草人身上的衣服是孩子的衣服。这衣服是她买的,她当然认得。孩子的母亲愣住了,不知道孩子的衣服怎么会穿在稻草人身上。

再往前开,孩子的母亲又以为孩子站在田里。走过去,发现这也是一个稻草人,这稻草人同样穿着孩子的衣服。接着,母亲又以为孩子站在田里,但走过去,发现还是一个穿着孩子衣服的稻草人。后来,母亲就看见孩子了,这次不是稻草人,是孩子真的站在田里。孩子也是一大早就往外面跑,看见田里麻雀多,就站那儿赶麻雀。然而这次,母亲看见了孩子,以为又是穿着孩子衣服的稻草人,于是懒得停车了。

但到家时,母亲没见到孩子,于是很不高兴地对孩子的外婆说:"跟你说了,别让孩子到处跑,你怎么还让他乱跑?"

外婆说:"村里的孩子也是到处跑,村里又没有河,不要紧。"

孩子的母亲说:"谁说不要紧。"

说着,母亲去找孩子,终于,母亲看清了,那个站在田里赶麻雀的"稻草人"就是孩子。母亲便过去打了孩子一巴掌,呵斥道:"站在这里做什么呀?"

孩子说:"赶麻雀。"

母亲说:"你以为你是稻草人呀?"说着,母亲一把拉走了孩子,往车上拉。孩子的外婆这时候走来了,外婆说:"你等一下,我把那些衣服收起来,你带回去。"

孩子的母亲说:"稻草人穿过的衣服怎么还能穿,不要了。"

说着,孩子的母亲发动汽车,把孩子带走了。

他们走了,把孩子的外婆一个人扔在田里。孩子的外婆呆呆地在那儿站着。不远的地方,就有一个稻草人,一个穿着孩子衣服的稻草人。孩子的外婆看着这个稻草人,看着看着,就觉得,是孩子站在那里……

希 望

孩子从小就没见过妈妈,孩子问过爸爸好多次了:"爸爸,我妈妈呢?"

爸爸总不回答孩子。

爸爸不回答,孩子就闹。爸爸怕孩子闹,就给孩子买很多很多玩具,比如变形金刚、汽车、玻璃弹珠、气球,等等。在这些玩具里,孩子最喜欢气球,孩子只要看见街上有气球卖,总让爸爸买,然后,孩子就扯着气球颠颠地跑来跑去。有时候,孩子会接好长好长的线,让气球飞得很高很高,然后孩子仰着头看,还和爸爸说:"爸爸,你知道我的气球飞得多高吗?"

爸爸摇摇头,说:"不知道。"

孩子说:"跟天一样高。"

爸爸笑了,爸爸说:"乖。"

有好长一段时间,孩子都喜欢气球。只要看见孩子,就能看见孩子手里扯着一个气球。那气球有红色的、黄色的、蓝色的,甚至彩色的,煞是好看。

也有许多孩子,和他一样喜欢气球。孩子幼儿园里的一个女孩,也喜欢气球。一天,女孩手里也扯着一个气球。两个孩子走在一起时,互相看了看,然后,女孩说:"我的气球比你的大。"

说着,女孩把手里的气球放了。

气球飘飘忽忽地飞向蓝天,女孩注视着,又说:"你看到吗?我放飞一个希望了。"

孩子便问:"一个气球就是一个希望吗?"

女孩说:"对,我妈妈说过,放飞一个气球,就是放飞一个希望。"

孩子又问:"你的希望是什么呢?"

女孩说:"我的希望就是快快长大。"

孩子听了,也把手里的气球放飞了。

在孩子的气球也飘飘忽忽地飞向蓝天时,女孩问:"你的希望是什么呢?"

孩子说:"我的希望是看到我妈妈。"

女孩说:"你妈妈呢?"

孩子说:"我不知道。"

后来的一天,孩子在爸爸跟前放飞了一个气球,看着气球飞向蓝天时,孩子对爸爸说:"爸爸,你知道吗,放飞一个气球就是放飞一个希望。"

爸爸说:"谁说的?"

孩子说:"我同学的妈妈说的。"

爸爸说:"那你的希望是什么呢?"

孩子说:"我希望见到妈妈。"

爸爸又不出声了。

这以后,孩子放飞了一个又一个气球,看着气球飞上天时,孩子总在心里说:"妈妈,我希望见到你。"

这天,孩子放飞一个气球时,那气球被挂在树上了。孩子在树下犹豫了一会,开始往树上爬。那树枝枝丫丫多,孩子竟然爬了上去。但当孩子在树上扯着气球线时,孩子的爸爸看见了。爸爸喊一声:"谁叫你爬树,你不要命呀?!"

这一声喊,差点让孩子跌下来。

孩子下来后,爸爸一把夺过孩子手里的气球,然后一脚把气球踩碎了。踩过,爸爸还不解气,又伸手打了孩子两巴掌,边打,爸爸边骂着说:"为了一个气球,你还爬树,你不要命呀?!"

孩子看着气球碎了,哭了。

这以后,爸爸再不给孩子买气球了。没有气球,孩子觉得他的希望无法实现了。为此,孩子很不开心。

这天上画画课,老师让同学们用彩笔画画,画幼儿园外面一棵树。画画时,一个气球挂在树上了。老师见了,就说把挂在树上的气球也画下来。那个女孩很快就画好了,这女孩画了一棵

树,树上挂着一个气球。画的下面,女孩还写了一行字:

我把希望挂在树上

孩子也画好了,但孩子只画了树,没画气球。老师见了,就问孩子:"你怎么没画气球呢,你不想把你的希望挂在树上吗?"

孩子说:"我的希望碎了。"

回　家

少年已经两天没回家了。少年白天在外面闲逛,晚上在一个同学的家里落脚。两天前,少年的爸爸打了少年,少年为此离家出走。少年离家后,父母不停地打他的手机,向少年表示歉意。但少年对着手机不吭一声。后来,父母又给少年发短信,让少年回家。少年只回了一个短信,少年说,就是不想回家,然后关了手机。

现在,少年逛到河边的一条堤上。已是傍晚了,少年看见一个女人走过来,女人边走边喊:"小亚,天晚了,你回家……"

女人喊的那个小亚,少年看到了,是个十多岁的孩子。孩子在堤上跑来跑去,听了喊,便躲到一处灌木丛后面。女人没看到孩子,又喊:"小亚,你在哪呢? 快回家……"

孩子仍躲着,没露面。

女人没见着孩子,回去了。

女人走了,孩子又从灌木丛里走了出来,然后在堤上堤下跑来跑去。

堤上还有人，另一个女人，牵着一个小女孩在少年跟前走过。小女孩一边走，一边背两句诗："牧童驱犊返，猎马带禽归。"少年听得懂这首诗，知道诗里说的也是回家的意思。少年也觉得自己该回家了，但少年对自己说：我就不回去。

那个堤上堤下跑来跑去的孩子，这时候跑到水边了。少年见孩子跑到水边，就大声对孩子喊："不要到水边去，河里水深，危险……"

孩子没理少年，仍在河边玩。

后来，孩子真的出事了，孩子看见水里飘着一个好看的瓶子，孩子伸手去捞，这一伸手，孩子就失足落到水里了。

少年见了，飞快地跑去，到水边时，只脱了一件衣服，就跳进水里了。

少年会游泳，少年很快把孩子救了上来。

孩子的家离这很近，孩子的大人也就是那个喊孩子回家的女人，又到河边来了，她仍喊道："小亚，天晚了，你回家……"

女人喊时，就看到少年把孩子抱上岸来，女人吓坏了，女人慌慌地跑过来，还说，叫你不要到水边去，你不听。又说，多亏了这个大哥哥。说着，不停地说谢谢少年。

那时候他们身边已围了好多人，每个人都赞扬少年，说少年这么小，就知道奋不顾身舍己救人。一个男人，还把自己的孩子带到少年跟前，男人对孩子说："你知道吗？这哥哥刚才跳进水里救起了小亚。"

孩子点头。

男人又说："你以后也要像这位哥哥一样，有舍己救人的品德。"

孩子又点头。

说了好一会话,有人才想到少年除了脱下的那件衣服外,身上的衣服全是湿的,于是那个女人,也就是被救的那个孩子的妈妈对少年说:"你身上湿透了,快到我家换衣服。"

少年说:"不要,我回家换。"

少年说着,捡起脱下的那件衣服,走了。

路上,少年拿出手机,开机后,手机不停地响,那是父母发给少年的短信,现在开机了,短信一起涌来了。

少年很快回复:马上回家。

迷 路

孩子的父母出去时,总把孩子关在屋里。孩子只能从窗口往外看,看着父母沿一条小路往远处走去。窗外的一方天地,随着父母的远去变得悠长而遥远,诱惑着孩子。

一天父母回来了,没关孩子,孩子便往外去,但才走到门口,就被父母喊住了,父母说:不准出去。

父母还说:出去会迷路。

孩子就不敢出去了,只在门口站着,痴痴地往外看。

孩子后来还有很多次想出去,但都被父母喊住了。父母每次都说:不准出去。又说:出去会迷路。还有一次,父母说:你怎么老想出去,外面有什么好。

孩子不知道外面有什么好,但他就是想出去。

一天,孩子终于出来了。

孩子从来没一个人出来过,孩子现在出来了,并不知道往哪儿去。

孩子只知道在门口张望着。

后来,孩子就沿着父母常走的那条小路,犹豫着往前走。

走了一会,孩子看见路边开着一朵小花。

一朵黄色的小花,很好看,孩子蹲下来看,还自言自语说:这花真好看。

等孩子抬起头时,又看见前面有一朵花。

孩子就那样犹犹豫豫走过去。

这朵花比刚才那朵大多了,红色的,孩子痴痴地看着,一脸惊奇。

等孩子再抬起头时,看见一棵树了,树上都是花。

孩子又走过去,不再犹豫。

这棵树很高,孩子也痴痴地仰着头看。

忽然,孩子看见一只蝴蝶从眼前飞过。

孩子一双眼睛便盯着蝴蝶,蝴蝶飞远了,孩子便跑起来,去追蝴蝶。

跑了一会,孩子看见天上有很多蝴蝶,还有蜻蜓,孩子跟着蝴蝶跑,也跟着蜻蜓跑。

孩子越跑越远了。

后来,孩子便跑到了一个很美很美的地方,这儿全是花,红色的花、白色的花、黄色的花、紫色的花,样样颜色都有,这些花一团团、一簇簇,遍地开放。还有草,一片碧绿,绿毯一样。也有树,高高矮矮的树上开满了花。那些蝴蝶满天飞舞,还有蜻蜓,到处翩跹。

孩子陶醉了,到处跑着,追着那些蝴蝶与蜻蜓。

后来,孩子就看见父母了。父母到处找孩子,见人就问:你看见一个孩子吗,一个迷路的孩子?

孩子便跑到父母跟前,孩子说:我在这儿哩,我没迷路。

孩子还说:这儿真美。

父亲一把抓住孩子,还在孩子屁股上打了两下。父亲说:谁让你到处乱跑,这不迷路了。

父亲还说:这鬼地方,美什么。

孩子有些茫然了,孩子说:这儿真的好美好美,你怎么不觉得呢?

孩子的话和父母的话迥然不同,孩子看得见美,而父母,却对眼前的一切美景熟视无睹。从这点说,真正迷路的,是父母。

相思蔷薇

有谁见过盆栽的蔷薇吗?我见过,以前我父亲就养过一盆蔷薇。

我父亲不是亲生父亲,是继父。我两三岁的时候,父母离了婚,我至今也不知道当年父母为什么要离婚,但继父为什么和我母亲结婚我却很清楚。继父是一所名牌大学的高才生,因"右派"言行,被分配到我们这座小城。继父在大学里有一个女朋友,她是华侨,家在马来西亚,毕业后回国了。继父去不了马来西亚,他只好和女朋友洒泪而别。我小时候,总看见继父愁眉不展,郁郁不得志的样子。继父有很多书,很多很多日子,继父总是坐

在书堆里,默默无声地看着那些书。让我奇怪的是,继父的书桌上放着许多红色的像黄豆那么大的东西。继父看书时,一只手有时候会按着它们,并搓来搓去。我不知道这是什么,有时候我也会拿几个出来玩,玩久了,随手一扔。继父见了,会捡起来,放回书桌。一天我问继父这是什么。继父没告诉我,只说,王维的《相思》你读过吗?我明白了继父的意思,我说,这就是红豆吗?继父说不是,这是蔷薇结的籽。继父还说,这蔷薇结的籽比红豆还好看,它是真正的相思籽。

继父后来还带我去看了一次蔷薇,继父骑着车子,带我沿着抚河堤走。那是秋天,天高云淡,清风徐来,清凌凌的抚河向天边延伸,完全是一派"水随天去秋无际"的景致。骑了二十多里,继父停了下来,那儿长了许多蔷薇。正是蔷薇籽透红的时候,我看见继父一把一把摘着它们。继父很贪婪,都摘了一小包了,还不停手,边摘,继父边念道:红豆生南国,春来发几枝。愿君多采撷,此物最相思。这时候,继父一脸的忧郁不见了,我看见他一脸快活。

这天回来后,继父找来了一个花盆,栽下了几颗蔷薇籽。但让继父失望的是,这些蔷薇籽从来就没发过芽。继父不死心,又去了一次堤上,这是春天,蔷薇尚未结籽,继父用剪刀剪了几枝蔷薇,也插在花盆里。但继父又失望了,这些蔷薇,由绿转黄,枯了。继父还不死心,再一次去了堤上。这次,继父连根挖了几棵蔷薇来。但继父尝到的还是失败的滋味,这些蔷薇,也没活。

我不知道继父为何对那些蔷薇情有独钟,但后来我知道了。一天父母不在,我在家里乱翻,居然翻到一本影集,里面有一张我从来没见过的照片。照片上是一个和我母亲一样大的女人,但比我母亲还要漂亮,但见过这张照片后,我才知道世上还有比我母亲漂亮的女人。我把母亲的照片和这张照片排在一起,发现我母亲的漂亮是朴素的。母亲扎了两条辫子,给人一种土气的感觉。那个女人不同,她的美是优雅的,还有些妖娆,但绝不娇艳。我仅仅看了照片,就感觉到这是一个无限美好的女人。看了一会,我下意识地翻了过来。照片背面写着王维那首《相思》,下面落了名:欧阳蔷薇。我忽然明白继父为什么喜欢蔷薇了。这个欧阳蔷薇肯定是继父大学时的相好,继父相思的人,就是她。

我猜想母亲一定知道继父的心思,只是因为继父实在是个好人,母亲不便发作。从很小的时候,我就觉得继父好。继父是个知识分子,却没一点知识分子的架子。继父会做很多事,煮饭、炒菜、洗衣服,样样都会做。除了看书,他就在做事。不仅如此,继父对我非常好,从没打过我。我13岁那年,迷上了小人书。一次继父出差了,在继父不在的半个月里,我卖了继父几十本书,都是厚厚的理工书。卖书的钱,我都买了小人书。一时间,我的小人书塞满了一抽屉。继父回来后发现书少了,很生气,但继父没打我,他对我最大的惩罚是让我少吃了一片沙田柚。这次的惩罚我现在还记得很清楚,继父从福建出差回来,带回了两个沙田柚。这天晚上开了一个。这个柚子总共17片,而那天我屋里有6个人,继父给了他们每人三片,而只给我两片。继父把两片柚子递给我时笑着说:"小刘吃两片,谁叫你卖了我的书,罚你少吃一片。"我母亲认为这种惩罚太轻了,她说:"你没得吃,那么多那么好的书都被你卖了,你还有脸吃。"

我当时是吃不下,为我的过错而难过。

这一年,有人大老远送了一盆蔷薇来。起先我不知道是谁送的,后来我知道了,就是那位远在马来西亚的欧阳蔷薇托人捎来的。端着蔷薇,继父十分激动,我看见他许久许久都没放下。后来继父精心呵护着这盆蔷薇,浇水施肥,端进端出。这段时间,继父甚至连书都很少看了,他把时间都用在蔷薇上。

这年春天,蔷薇开花了,满枝头艳艳地开着红花。到了秋天,蔷薇结籽了,起先绿绿的,后来,随着天气转凉,蔷薇籽越变越红了。继父在枝头挂满了通红的蔷薇籽后,愈发高兴了。他差不多每天都要摇头晃脑对着蔷薇吟几遍王维的《相思》:

红豆生南国

春来发几枝

愿君多采撷

此物最相思

这时,继父真的可以在蔷薇上采摘他的相思了。

这年我高中毕业了,在一家小厂工作。有一天,我突然反感起继父的行为来,我母亲都嫁给他十七八年了,他还对那位远在天边的蔷薇念念不忘。这反感生出后不久的一天,我趁继父不在,把那些蔷薇全扯掉了,并扔了一地。母亲首先发现了,她大为光火,不仅骂了我,还打了我两巴掌。我当时肯定很委屈,我原本是为母亲着想,她却不领情。我咽不下这口气,捡了几件衣服,住到了我工作的小厂里。很多年后,我问母亲为什么不生继父的气,母亲叹了口气说:"他们才是天生的一对,他们不能在一起,彼此相思,人之常情。何况,我是二婚嫁他,他是童男子,亏的是他,我如果连这点也干涉,还是人吗?"

我这才明白了母亲。

再说我离家后,继父当天就来找我,让我回家,我没跟继父回去,我并不是生继父的气,而是觉得我大了,我应该有自己的生活。

那盆蔷薇,后来归了我,我是在继父去世后把那盆蔷薇搬来的。这盆蔷薇曾经挂满了继父的相思,现在,蔷薇上挂满的,是我对继父的相思。

让别人漂亮

离我家不远,有一条堤。女儿总喜欢到堤上去玩。一天,女儿玩了回来,对我说:"妈妈,今天有个阿姨说我漂亮。"

小孩子家,最喜欢人家说她漂亮,女儿一脸的喜不自禁。但我的话却让女儿很不满,我说:"谁会说你漂亮?"

女儿有些急了,女儿说:"一个阿姨,她说我真漂亮。"

我看着女儿,女儿小眼睛小鼻子。一直以来,我都觉得女儿虽然不难看,但绝对算不上好看。但现在看着女儿,我却发现那个人说对了,女儿确实有几分漂亮。

后来很久,女儿都记得那个阿姨的话。我以前总说女儿不漂亮,弄得女儿很委屈。现在,有人说她漂亮,女儿高兴了。女儿脸上,总是喜不自禁的样子。有几回,我同女儿一起去堤上玩,女儿总会把我带到一棵小树下,女儿说:"就是在这儿,那个阿姨说我漂亮。"

女儿又说:"那天我过来捉一只蝴蝶,没捉到,阿姨帮我捉到了,阿姨把蝴蝶给我时,拍了拍我的脸,说我真漂亮。"

女儿还说:"我好希望再见到那个阿姨。"

我和女儿的心思一样,我也想见见这个说我女儿漂亮的人。自从她说过我女儿漂亮,我女儿仿佛真漂亮了。我觉得这是一个有眼光的人，她一定也很漂亮吧。

后来有一阵子，我也喜欢在堤上玩。一到堤上，我就会想到那个说我女儿漂亮的女人，我很想见到她。有时候看见一些也在堤上玩的女人，如果她好看的话，我就会想，她应该就是那个说我女儿漂亮的女人吧。有几次我甚至想去问问她们，但终究觉得无从问起，便放弃了。堤上也有很多像我女儿一样大的小女孩，她们在堤上跑来跑去，追蜻蜓，捉蝴蝶，玩得十分开心。一次，一个小女孩去捉一只停在花上的蝴蝶。小女孩蹑手蹑脚走过去，但没捉到。蝴蝶后来又停在一棵小树上。我见了，也蹑手蹑脚走过去，把蝴蝶捉到了。把蝴蝶递给小女孩时，我在她脸上拍了拍。这是个十分漂亮的小女孩，我拍着她时，由衷地说："你真漂亮。"

小女孩看着我，一脸的喜不自禁。

这事过后我就忘了，但后来的一天，我在堤上玩，看见一个小女孩拉着妈妈往这边来。近了，小女孩指了指我，对妈妈说："妈妈，你不是想找那个说我漂亮的阿姨吗？就是这个阿姨。"

那位妈妈就对我笑，还开口说："谢谢你，自从你说过我女儿漂亮，我女儿别提有多高兴。"

我也笑了，很开心，我其实也在找那个说我女儿漂亮的人，但不经意中，我却让别人找到了。

珍惜生命

一个年轻人往河边走去,快到河边时,一个小小的孩子喊住了年轻人,孩子说:"叔叔,来帮我捉鱼。"

年轻人一脸伤心,他没去注意孩子,甚至看也没看孩子一眼。年轻人今年又没考取大学,这是他第三次落榜。年轻人觉得他完了,这一生都完了,没有任何希望了,甚至都不想活了。年轻人走在街上,想往汽车上撞,但年轻人终于没有那样做,年轻人知道这样做会连累人家司机。刚才,年轻人快到河边时,看到一座高压电线塔,年轻人想爬上去。但才走到塔下面,就有人对年轻人说不要到高压线塔下面去。年轻人只好走开,走到河边来了。看见河了,年轻人知道怎么做了,年轻人觉得跳进河里是最好的解脱。

那个孩子,喊过年轻人后就看着他。孩子还不懂得伤心,他看不出年轻人在伤心,他只知道年轻人没睬他。孩子于是又喊起来:"叔叔,我叫你怎么不理我呀?"

年轻人这才注意起孩子来,年轻人发现孩子赤脚踩在一个小水坑里。

看见年轻人看他,孩子又说:"叔叔,来帮我捉鱼。"

孩子说着,两只手合拢来,把水里的鱼捧出来,然后又把鱼放进河里。孩子一边做,一边对年轻人说:"河里在退水,这个小水坑马上就干了,如果不把鱼捞出来,这些鱼都会死掉。"

孩子又说:"叔叔,你来帮我一起捞吧。"

年轻人竟听从了,木木地走进水坑里。

孩子见了,大叫起来:"叔叔,你怎么鞋子都不脱。"

年轻人就把鞋脱了,跟孩子一样,合拢两只手在水坑里捞鱼,然后把鱼放进河里。都是一些细细的鱼,在浑浊的小水坑里,那些鱼都露出了白白的肚皮,但放进水里,那些鱼倏地就游走了。

孩子见了,就高兴,对年轻人说:"我妈妈说了,每种动物都有生命,我们都要爱护它们。"

年轻人没回答孩子,他还在伤心着。因为伤心,年轻人流泪了。孩子看见年轻人流泪,问:"叔叔,你怎么流泪了?"

年轻人便用手背抹抹眼睛,对孩子说:"没有,我没有流泪。"

孩子不再追究了,孩子这回手里捧着一条大一些的鱼。孩子把鱼放进河里后,对年轻人说:"叔叔,我妈妈还说了,鱼也有生命,如果让它们在水坑里干死了,多可惜呀。"说完,孩子问起年轻人来:"叔叔,你说是吗?"

年轻人这回说:"是。"

孩子又说:"我们要爱护生命,所以我要把这些鱼放到河里去。"

孩子说完,又捧起一条鱼要放进河里。但这回,孩子没把鱼放进水里,而是放在水边的泥巴上。鱼没在水里,不甘心了。鱼跳了几跳,又跳了几跳,再跳了几跳。终于,鱼跳进水里了。

鱼一到水里,倏地就不见了。

年轻人看见了这幕,孩子也看见了,孩子对年轻人说:"叔叔看见了吗?小小的鱼也不想死。"

年轻人点了点头。

这个下午,年轻人一直和孩子在水坑里捞鱼。那水坑很小,捞了一会儿,水坑里已经没有鱼了。

孩子后来在水里洗干净手,然后拉着年轻人的手,对年轻人说:"叔叔,我们回家吧。"

年轻人把手伸给了孩子,然后同孩子一起走上了堤。

这个年轻人就是我,我唯一一次想轻生是我20岁那年。但我很幸运,我遇见了一个孩子,是他挽救了我,让我懂得珍惜生命。

像爸爸的人

孩子在家里看电视,电视里说,这个世界上,有一个人和另一个人一模一样。孩子看到这里,扭头问坐在边上的父亲说:"爸爸,你说,那个和你一模一样的人在哪里呢?"

父亲说:"谁知道呢?"

这后来的一天,孩子和父亲上街,街上很多人都认识孩子的父亲,他们走几步就有一个人和孩子的父亲点头,打招呼,还说:"钟局长好。"又走几步,又有人向孩子的父亲点头,打招呼,也说:"钟局长好。"再走几步,仍有人向孩子的父亲点头,打招呼,说"钟局长好"。有一个人,在他向父亲点过头打过招呼后,孩子觉得他很像很像父亲。孩子的父亲很胖,那人也胖。孩子的父亲大腹便便,那个人也大腹便便,孩子的父亲脸圆嘴阔,那人也是脸圆嘴阔。孩子看看那人,又看看父亲,然后说:"爸爸,我看到了那个和你一模一样的人了。"

说着,孩子指了指那人,对父亲说:"就是他。"

孩子的父亲也看看那人,笑了笑,说:"倒有几分像。"

很快,那个和父亲一模一样的人走过去了。但不久,孩子又看见了一个人,这个人也像父亲。孩子的父亲很胖,那人也胖,孩子的父亲大腹便便,那个人也大腹便便,孩子的父亲脸圆嘴阔,那人也是脸圆嘴阔。孩子于是又看看那人,再看看父亲,然后说:"爸爸,我又看见一个和你一模一样的人。"

父亲又看看那人,又笑,然后说:"是有几分像。"

让孩子惊奇的是,孩子随后又发现一个人很像。这个人依然很胖,也是大腹便便,也是脸圆嘴阔。孩子这回看着父亲说:"爸爸,不是说世上只有一个人同另一个人一模一样吗,可今天,怎么有这么多人和你一模一样呢?"

父亲这次也惊奇,父亲说:"是呀,怎么有这么多人像我呢?"

这以后,孩子再没同父亲上街了。不是孩子的父亲不带孩子上街,也不是孩子不愿意同父亲上街,是孩子见不到父亲了。有好久了,不是一个月两个月,是大半年,孩子一次也没见到过父亲。孩子没见到父亲,便去问母亲,孩子一次一次问母亲:"妈妈,我爸爸呢,我怎么没看到爸爸呀?"每次,孩子这样问母亲时,孩子的母亲便眼睛红红的,母亲说:"你爸爸出差去了。"

孩子说:"怎么这么久还不回来,我想爸爸。"

回答孩子的,是母亲满面的泪水。

一天,当孩子又说他想爸爸时,孩子的母亲带孩子去见了父亲。孩子虽然小,但孩子还是知道那地方是监狱。进去后,孩子看见一个人,就觉得他是爸爸。孩子又看见一个人,也觉得他是爸爸。孩子再看见一个,仍觉得他是爸爸。但这些人都不是爸爸,孩子于是睁大着眼睛看那些人,然后问母亲:"妈妈,这里怎么有这么多人像我爸爸呀?"

画妈妈

孩子没见过妈妈。

孩子很想见到妈妈。

一天,孩子看见一个女人,女人扎着长辫子,经过孩子门口。孩子赶紧去屋里拿出纸和笔来。孩子在幼儿园里学过画画,老师表扬过孩子,说孩子的画画得很好。现在,孩子见了这个女人,要把她画下来。

孩子很快画好了,孩子把画拿给父亲看,孩子说:"爸爸,我妈妈是这个样子吗?"

父亲说:"你怎么画一个长辫子妈妈呀?"

孩子说:"我觉得长辫子妈妈好看。"

一天,孩子又看见一个女人经过门口,这女人短头发,孩子又把女人画了下来。画好,孩子又把画给父亲看,孩子说:"爸爸,我妈妈是不是这个样子?"

父亲说:"你怎么把妈妈画成短头发呢?"

孩子说:"我觉得妈妈短头发也好看。"

还有一天,孩子看见一个圆脸的女人经过门口,孩子又把这个女人画了下来,把女人的脸画得很圆很圆。把画给父亲看时,孩子说:"爸爸,我妈妈是不是这个样子呢?"

父亲说:"你怎么把你妈妈的脸画得这么圆呢?"

孩子说:"妈妈如果是圆脸,也好看。"

又一天,孩子看见一个瓜子脸的女人经过门口,孩子这回画的女人便是瓜子脸了。父亲看了,又说:"你妈妈又变成瓜子脸了?"

孩子说:"妈妈瓜子脸同样好看。"

这一天,孩子又看见一个女人走了过来。女人也好看,孩子又想把女人画下来。但还没等孩子动手,女人就走到孩子跟前了。女人看着孩子,对他说:"你是小亚吧?"

孩子说:"我是小亚,你是谁?"

女人说:"我是你妈妈。"

孩子不相信,跑进屋里对父亲说:"爸爸,爸爸,有个人说她是我妈妈。"

父亲从屋里出来了,父亲看见女人后,对孩子说:"她是你妈妈。"

孩子很高兴了,跳起来说:"我妈妈好漂亮。"

女人是特意来看孩子的,女人带了很多东西给孩子。不仅如此,女人还带着孩子去买东西。路上,孩子问:"妈妈,你为什么要离开我,离开爸爸呀?"

女人说:"你爸爸窝囊。"

孩子听不懂窝囊是什么意思:"窝囊是什么意思呀?"

女人想了想,对孩子说:"窝囊就是不会赚钱,什么都买不起。"

孩子说:"爸爸会赚钱,他跟我买了好多好多玩具。"

女人说:"你那点玩具算什么,你喜欢,我让人装一车给你。"

这时,突然下起大雨来,是那种大暴雨。女人便牵着孩子去找地方躲雨,但附近没有躲雨的地方。好远的地方,才有一幢房子,可以躲雨。女人便牵着孩子往那儿跑,孩子小,跑着跑着,孩子跌倒了。

等孩子爬起来,孩子觉得妈妈变成了另一个人了。

女人确实变了,她身上脸上都淋湿了,女人脸上抹了很多粉,水一冲,脸上就出现一条条沟了,变得十分难看。孩子看看女人,问她:"你是我妈妈吗?"

女人说:"是呀。"

孩子说:"不像呀,你不像我妈妈。"

女人这天给孩子买了很多玩具,但孩子一直怯怯地看着女人。

回来后孩子很想把这个妈妈画出来,但画了半天,孩子什么也画不出来。

孩子后来再没画过妈妈。

老人与孩子

老人很老了,老人走路颤颤巍巍。忽然,老人踉跄了一下,要跌倒的样子。一个孩子,很小的孩子,走起路来也有些踉跄。孩子过来扶住老人,孩子说:"爷爷,你怎么啦?"

老人说:"爷爷老了。"

说完,老人不走了,坐下来,静静地坐在门口。老人静着,心却静不下来,老人觉得自己老了,真老了。孩子见老人不走了,又说:"爷爷怎么不走了?"

老人说:"爷爷走不动了。"

孩子就歪歪地跑走了。

但一会儿,孩子又跑了回来。孩子手里攥着几粒种子一样的东西,孩子说:"爷爷,这是什么籽呀?"

老人看了看,老人说:"苦瓜籽。"

孩子说:"我们栽下这些苦瓜籽吧?"

老人点了点头。

老人院子里有空地,老人挖了一块地,小小的一块,然后把几粒苦瓜籽栽下去。随后,老人和孩子就天天期盼苦瓜籽长出苗来。在他们的期盼里,那些苦瓜籽真长出苗了,两片细细的叶子,翠翠的绿。长高些,又长出两片叶子。再高些,再长出两片叶子。也是青青翠翠的绿,煞是好看。

几颗苦瓜籽都长出苗了,长高了,老人就用竹子扎了架,让那些翠绿的叶子顺了竹竿往上爬。那叶子爬得还真快,开始只有半尺高,忽地就有一尺高了,忽地又有孩子那么高了,再忽地,比老人还高了。这时候,老人扎的竹架便爬满了,一片翠绿。花也开了,细细的黄黄的花,一朵两朵三朵……孩子见了花,脸也笑成一朵花。孩子伸手摸着,还对爷爷说:"我们栽的苦瓜开花了。"

后来,就长出了苦瓜。开始,那苦瓜只是一丁点大,像一片芽儿,嫩嫩的。渐渐地,苦瓜就大了,先是小拇指那么大,后是大拇指那么大,再后来,就有孩子的手那么大了。这时候,一片翠绿里不是一朵两朵花了,也不是三朵四朵,而是一团一簇。苦瓜也不是一根两根,而是满藤的苦瓜,大大小小。有蝴蝶飞来了,细细的黄黄的小粉蝶,和苦瓜花一样的颜色。小粉蝶就翩跹在苦瓜花里,像那些苦瓜花在翩跹飞舞。孩子见了,伸手去捉,但捉不到,小粉蝶飞高了,飞远了。孩子不舍,跑着去追,还喊:"爷爷,帮我捉蝴蝶。"

老人真跟了孩子去,开始是走,后来,竟也跟着孩子跑起来。蝴蝶飞来飞去,老人跟着跑来跑去。终于,一只蝴蝶停在花上,老人一伸手,捉住了。孩子见了,欢呼雀跃,孩子说:"爷爷真厉害。"

爷爷笑了,在一片翠翠的绿里,一片黄灿灿的花跟前,老人忽然觉得自己好像年轻了。

后来,起风了,瑟瑟的秋风。风一吹,叶子就黄了。再后,风就很凉了,不是凉,是冷。老人在风里打了几个寒噤,再看架上的苦瓜藤,干枯了,在寒风里瑟瑟作响。老人看着干枯的叶子,觉得自己就是这片叶子,或者那片叶子就是自己。老人眼一眨,流泪了。

孩子看见老人流泪,忙问:"爷爷,你怎么啦?"

老人说:"爷爷老了。"

说完,老人又坐下来,静静地坐着。

孩子坐不住,孩子又歪歪地跑走了。

孩子跑回来时,手里又攥着几粒种子一样的东西。孩子是在干枯的苦瓜架底下捡到那些籽的。有些苦瓜熟透了,红了,烂了,籽便掉落在地下。孩子见了,捡起来,然后,跑回来对爷爷说:"爷爷,这是什么籽呀?"

老人说:"苦瓜籽。"

孩子说:"我们栽下这些苦瓜籽吧?"

老人点头,老人说:"明年,明年我们再栽。"

孩子看见老人眼里闪着光彩。

第二辑

都市霓虹

城市女孩

我喜欢上一个女孩,她不是我们村的,好像是附近小黄村的。她经常从我们村和我家门口走过。我们村有不少人认识她。有好几次,我都听人喊她小黄。有一段日子,我天天坐在门口,等着看她。看见了,我就高兴。没看见,我就失望。对一个人会产生这样的感觉,我明白我喜欢上了她。我后来在心里对自己说,我应该主动些,把心思告诉她。一次我真这样做了,我看见她,跟上去,但我不敢和她说话。这样跟了一阵,我不敢跟了,自己回头走了。还有一次,我也跟在她后面,但当她回头看了我一眼时,我心慌了,又不敢跟着她了。另一次,我大着胆子喊了她一句小黄。她听到了,但她瞪了我一眼,没睬我。我什么都不敢说了,只能看着她走开。

但她走远后,我又很后悔,我对自己说,下次再见到她,一定不能这样。

没过多久,我就见到她了。

有意思的是,这次不是在我家门口见到她,而是在城里见到她。我姨住在城里,我经常会到姨那里去。这天在姨那里吃过饭后,我往回走,快出城时,我看见她了。那儿靠河,河边绿化得很好看,到处是花花草草,还有一座看不出什么意思的雕塑。她就站在雕塑下,仰着头看。这次我不会轻易把机会放过,我走过去,对她说:"你也在这里呀?"

她看我一眼,没作声。

我又说:"你看什么呢?"

这回她作声了,她说:"你同我说话?"

我点点头,说:"同你说话。"

她说:"你认识我?"

轮着我点头了,我说:"认识,你经常经过我家门口。"

她说:"是吗?"

我说:"是,你没有印象吗?"

她说:"没有。"

我说:"我对你印象却很深,好几次我都想同你说话,但话到嘴边又不敢出口。"

她说:"你想说什么呢?"

我这回胆子大了起来,我说:"我想同你说,我喜欢上了你。"

她忽然脸红起来,没出声。我以为她怪我,也不敢出声了。

但她没怪我,过了一会儿,她开口说:"你说的是真话还是假话?"

我说:"真的,我第一次看见你就喜欢上了你。"

她说:"你喜欢我什么?"

我说:"我也说不清。"

她说:"你都说不出喜欢我什么,怎么叫喜欢。"

我说:"喜欢一个人并不需要理由。"

她说:"还有这样的事,喜欢一个人居然不要理由。"

我说:"真的,我看过一本书,书上也是这么说的。"

她忽然笑了笑,这笑声又给了我勇气。我往她身边靠了靠,对她说:"你知道吗,很多日子我都坐在门口等着你,如果看见了你,我就高兴。要是没看见你,我就失望。有几次你走过时,我还跟着你走了一阵,我当时很想同你说话,但不敢。一次我还喊了你,但你没理我,那次我就想告诉你我喜欢你。"

她忽然有些感动了,她说:"我一直不知道你喜欢我。"

我说:"现在总知道了吧。"

她说:"谢了。"

我说:"谢我做什么?"

她说:"谢谢你喜欢我呀,你让我找回了自信,告诉你,我一直很自卑,觉得自己是只丑小鸭,没人会喜欢我。"

我说:"你怎么会是丑小鸭呢,在我眼里,你好看得很。"

她又说:"谢谢!"

我们边说着话,边在河边走。她一副很开心的样子,一会儿蹲下来摘一朵花,一会儿又跑着去追蝴蝶。她这样子更可爱,更让我喜欢。

当我们再走在一起时,我大着胆说了一句,我说:"我想拉拉你的手。"

她犹豫了一下,把手伸给了我。

我于是拉着了她的手,在那儿走来走去。

拉了一会,我又不满足了,我说:"我想亲你一下。"

她脸又红了,对我说:"你真是得寸进尺,刚拉了手,又要有别的要求,我不理你了。"

我吓坏了,忙说:"对不起呀,算我没说。"

她忽然又笑了,然后伸一个指头在她左腮边点了点。

我不傻,明白她的意思,探过头去亲了她一下。

她在我亲过后跑起来。

我觉得很突然,跟着她跑起来,还说:"你怎么就走呀?"

她说:"我有事。"

我说:"我们还能见面吗?"

她说:"有缘就会见面。"

说着,她跑远了。

我们肯定有缘,三天后我就看见她了,就在我家门口看见她。我很激动,马上跑过去,近了,在她耳边说道:"这几天我很想你。"

她看着我,问了一句:"你说什么?"

我重复了一句,我说:"这几天我很想你。"

但我的话刚说完,脸上就挨了一个巴掌。

我仍执迷不悟,我说:"你为什么打我?"

她说:"你流氓。"

我说:"我怎么流氓?前天,我还在城里拉过你的手哩。"

她伸手又要打我,还说:"谁跟你在城里拉过手,我好久都没去城里了。"

她这样说,我明白了,那天那个女孩不是她,那个女孩是城里女孩。

我拔腿就往城里跑。

红发带

他的书摊在十字街口,她走进去。他见她就很快活地喊一声:"梅梅——"

她很吃惊,问:"喊谁呢?"

"喊你呀。"他说。

"你怎么知道我这名的?"她很有意思地看着他。

"你不是告诉过我你叫冯梅吗?我觉得还是喊梅梅好听。"他认真地说。

她便脸红起来,她想起还没结婚那阵爱人也说过这话。

他没去注意她脸上的变化,只是很大声地问道:"梅梅,你又买书呀?"

她"嗯"一声。

"以前买的书都看完了吗?"他看着她。

"当然看完了。"她回答他。

他一双眼睛就很钦佩地看她许久,然后说:"你真了不起,买那么多书都看完了。"

她笑一下没出声。

其实她买回去的许多书都没看完,但她还是经常来这儿买书。有一回爱人问她为什么突然对书这么感兴趣,她便回答说,她很同情一个男孩,那男孩挺可怜的,年纪轻轻就上街摆书摊自

食其力，不容易。

见她没出声他又说："我知道你今天会来的。"

"是吗，你怎么知道我今天要来呢？"她问。

"今天是十五号呀，我记得每个月十五号你都会来。"他说。

她又笑一下说："你真细心。"

他也笑一下，然后弯下腰从书箱里拿出一本书来。

但他没递给她，她看他一眼，发现他脸红起来。

她伸手过来。

他只好犹犹豫豫地递书过去。

"这本书送……送给你。"他勾着头说。

"为什么？"她看着他。

"因为你看……看得起我。"他说，抬起头来。

她忽然觉得他挺可爱的，同时还隐约地感到这男孩开始对自己别有用心了。觉察到这点她自然不会白要他的书。她看了看书价，然后态度坚决地把钱递给了他。

他就很委屈的样子。

捧着书她离开了书摊，走远些，她翻了翻书，于是就看见里面夹了一条好看的发带。

发带下面还有一张纸条，上面写着：

梅梅：

我忽然想到要送你一条发带，红颜色的，现在好多好多女孩都喜欢用这种颜色的发带打扮自己，我觉得要是你头上有这样一条发带，你一定会更加好看。

另外，我心里还有一个秘密，等你把发带戴在头上时我再告诉你。

我的名字叫纯

她的名字叫纯,但有好长一段时间,没人知道她叫纯。这段时间她在一家发廊做事,或者说在发廊做小姐。在这里,她不会告诉人家她叫纯。比如有男人来按摩,男人手闲不住,嘴也闲不住,男人说:"小姐叫什么呀?"

她说:"红。"

男人说:"红色的红还是彩虹的虹?"

她说:"红色的红。"

男人说:"这名字是假的吧,你们小姐在外面都用假名。"

她说:"你说假的就假的。"

男人又说:"你怎么会在外面做小姐呢?"

她说:"我哥哥在北京读大学,家里没钱,所以我就出来了。"

男人说:"你哥哥读书有你父母,要你管?"

她说:"我家穷,父亲又有病。"

男人说:"编的吧?"

她说:"我没编。"

又有男人来按摩,男人差不多是一个模子里压出来的,手闲不住,嘴也闲不住,男人说:"小姐叫什么呀?"

她说:"青。"

男人说:"青春的青?"

她说:"青色的青。"

男人说:"这不一样吗?"

她说:"我觉得不一样。"

男人又说:"你怎么会在外面做小姐呢?"

她说:"我哥哥在北京读大学,家里没钱,所以我就出来了。"

男人说:"你哥哥读书有你父母,要你管?"

她说:"我家穷,父亲又有病。"

男人说:"编的吧?"

她说:"我没编。"

那几年,她叫过好多名字,比如雨雪风霜、比如春夏秋冬,又比如兰菊荷莲……但在发廊,很少有男人会相信她叫这些名字。他们都说:"这名字是假的吧,你们小姐在外面都用假名。"

她说:"你说假的就假的。"

做了几年小姐后,她弟弟就大学毕业了。不知怎么回事,她弟弟居然知道她在外面做小姐。有人猜想她这下惨了,她弟弟一定看不起她,唾弃她。但不是所有的故事都这么惨,她弟弟没有这样,弟弟流着泪对她说:"我只希望姐姐不要再做了。"

她说:"我知道。"

弟弟说:"以后我养你。"

她说:"不要,我会去打工。"

她真的去打工了,赚的钱不多,但她很满足。但烦恼也不是没有,一天,一个男人认出她来了,这男人嬉皮笑脸的,对她说:"我认识你。"

她不出声。

男人又说:"你的名字叫红。"

她出声了,她说:"不,我的名字叫纯。"

男人说:"你的名字就叫红,我不会记错。"

她仍说:"不,我的名字叫纯。"

这天,又一个男人认出她来了,这男人也嬉皮笑脸的,对她说:"我认识你。"

她仍不出声。

男人又说:"你的名字叫青。"

她又出声了,她说:"不,我的名字叫纯。"

男人说:"你的名字就叫青,我不会记错。"

她仍说:"不,我的名字叫纯。"

这样的事经常发生,不时地有人认出她,叫她雨,叫她雪,叫她春,叫她夏,也有人叫她兰,叫她菊。她不管人家叫她什么,她只对人家说:"我的名字叫纯。"

过了一段时间,也许是好长一段时间,没人叫她红了,也没人叫她青。有一天,一个男人来了,这男人对她说:"我认识你,你的名字叫纯。"

她笑了,说:"你说对了,我的名字叫纯。"

应　验

平和紫云是很好的朋友,紫云是个女人,而且是个离了婚的女人。平和紫云好,很容易让人想入非非,或者说容易让人想到他们是那种不正当的男女关系。但他们不是,他们只是朋友。他们也愿意把彼此的关系定格在朋友这一层面上。做朋友才能长久,这句话他们双方都说过。

平曾经给紫云介绍过一个男人,平觉得这男人不错,长相、脾气和工作单位都还可以。但紫云对这个男人没感觉,接触了几次,紫云再没同男人来往。因男人是平介绍的,紫云见了平,就有点不好意思了,紫云说:"你一定在生我的气吧?"

平淡淡地说:"怎么会呢。"

紫云后来自己找了个男人,但这回,平却不同意。按说,平和紫云只是朋友,平没资格干预紫云。但他们是好朋友,紫云找了男人,自然会带过来给平看,征求平的意见。平对这个男人一点好感都没有,平于是对紫云说:"我觉得这个男人不行。"

紫云问:"怎么不行?"

平说:"说不上来,只是一种感觉。"

平后来多次表达了他对男人印象不好的看法,平也说不清他为什么对紫云找的男人印象不好。这里面要找原因,大概就是平曾经给紫云介绍过对象,而紫云没接受。现在,紫云自己找了对象,平心里多少有点不舒服。因为这个原因,平对紫云找的男人有些排斥。平后来让紫云不要跟男人好,要紫云跟男人交往慎重点。但紫云对这个男人很有好感,她后来没有在乎平的意见,并告诉了平要和男人结婚。平当然反对,平说,你们这样匆忙结婚,以后会出问题的。紫云还是没有听平的,还是和男人结了婚。

这回,平心里多少有点不快。

平在紫云结婚后,真的希望紫云和那个男人的婚姻会出问题。平感觉男人不行,他很希望那个男人真的不行,比如男人有不良习惯:抽烟酗酒、脾气暴躁、会打人等。但男人似乎没有这些不良习惯,因为平从来没听紫云说过男人有这些不良嗜好。平有时候忍不住会问一两句,平说:"他还好吧?"

紫云说:"还不错。"

平听了,就有些失望,还不错,就说明他的感觉错了。

平不甘心自己的感觉会出现偏差,尽管紫云并没怪他,但平还是觉得他在紫云面前丢了面子。平不想掉这个面子,于是,平有意在私下里做起小动作来。平办了一个新手机号,神州行的号,这号不要用身份证。上好后,平用这个号码给紫云的男人发了这样一个短信:

请留心点,你老婆和一个叫平的男人关系异常。

这样短信或者说类似的短信平后来还发过好几次。男人看了,不可能无动于衷。男人是见过平的,知道平是紫云的好朋友。男人还记得当初他与紫云刚好时,紫云还带他去征求过平的意见。单从这点上看,男人就知道紫云与平的关系非同一般。男人收到那些短信后,真的留心起来。男人后来发现,紫云经常与平在一起玩,有时候几个人一起去郊游,有时候在一起打扑克,也经常在一起吃饭。紫云与平没有那种特殊关系,她和平在一起玩时,从来都不会瞒着男人。比如,平邀紫云去郊游时,紫云对男人说:"今天我同平去外面玩。"平喊紫云去打扑克时,紫云也会对男人说:"今天我去平那儿打扑克。"有时候紫云和平在一起吃饭,碰到男人打电话过来,紫云便会说:"我和平他们在一起吃饭。"

紫云每次这么说,男人都不舒服。有一天,当紫云又说出那句她和平出去玩时,男人忽然发作了,男人说:"你和平到底什么

关系?"

紫云就看出男人的不对劲,紫云有些不高兴了,紫云说:"你是什么意思?"

男人说:"这还用问吗,别以为你们的事我不知道,我现在郑重告诉你,你以前的事我可以既往不咎,但你现在和我结了婚,你们还在一起,这就不行。"

紫云的回答是:"你是个王八蛋。"

后来,紫云和男人的关系每况愈下了。男人相信那个短信不是空穴来风,他便对紫云处处留心,处处提防,并无端怀疑和猜忌。紫云与平毫无异常关系,男人越猜忌,她越生气,紫云后来觉得男人心眼太小,不像个男人。于是在他们吵了无数次后,紫云同男人分开了。

紫云离了婚,便应验平过去说的话。

这天,紫云去找了平,紫云说:"我们离了。"

平说:"怎么就离了呢?"

紫云说:"那家伙不行,小心眼,现在我很后悔,你当初说过他不行,还说以后我们会出问题,要是当初我听你的,就不会弄出这样的结果。"

平说:"我说过这些吗?"

紫云说:"你说过,你忘了?"

平笑笑说:"我真忘了。"

离　婚

女孩和他好了一阵后,有一天对他说:"你对我还不是真好。"

他觉得很冤枉,说:"我都给你买了房,买了车,还对你不好吗?"

女孩说:"你真的对我好,为什么还让我不明不白呢?"

他听明白了女孩的意思,他说:"你是让我和我妻子离婚?"

女孩说:"你说呢?"

他没说,他虽然喜欢女孩,但他还是不想和妻子离婚。毕竟和妻子生活了十几年,就是一块石头,抱在怀里,也捂热了。但女孩不依不饶,女孩后来每次和他在一起,都说:"你不能让我这样不明不白。"

有一天他被女孩说动了,他说:"好,我同她离。"

女孩就笑容可掬了。

但他还有话说,他对女孩说:"离婚这事非常麻烦,哪个女人离婚前不是一哭二闹三上吊,要离得成这婚,非脱几层皮不可。"

女孩仍笑,对他说:"我相信你能把这些事处理好。"

他没笑,呆子一样坐那儿。

过后,他真和妻子提出了离婚。在提出之前,他做了一些准备,比如在家待的时间多了一些,还给妻子买了一些好看的衣服

和鞋子,并开车带妻子出去旅游了一趟。做这些的目的,都是想让妻子心情好一些,避免妻子的过激反应。在开口前,他甚至把几只热水瓶里的开水都放空了,免得妻子扔热水瓶时伤到人。但出乎他意料的是,他提出离婚后,妻子一点反应都没有。没吵没闹没哭没叫,没扔热水瓶、砸电视,也没上吊跳河。妻子甚至都没多看他一眼,只平静地说了一句:"你说哪天去?"

他完全没想到是这样的结果。

后来的很多天,妻子都不理睬他。他有时候想对妻子好些,讨好妻子,但妻子从不拿正眼看他,一副对他不屑一顾的样子。他就很受打击了,的确,他和妻子都生活了十几年了,妻子这样不把他当回事,他觉得很受伤。

女孩当然会过问这事,女孩说:"你向你老婆提了吗?"

他说:"提了。"

女孩说:"怎么样了?"

他没出声。

女孩说:"你老婆没上吊跳河吧?"

他忽然觉得女孩这话有些狠毒,他说:"你就希望我老婆上吊跳河?"

他这话说得有些凶,女孩生气不理睬他了。

有好多天,他都在想妻子为什么那样不在乎他。后来的一天,他想明白了,妻子肯定也有外遇。妻子外面有了人,才会这样不在乎自己。想到这里,他豁然开朗的样子,他断定就是这个原因。

接下来,他想找到证据。

这天,妻子在梳妆台前把自己修饰了一番后,出门了。

他悄悄地跟在后面。

妻子没发现后面有人,她一直往前走着,没回头。

半个小时后,妻子到了一条河边。

他潜伏在离妻子不远的矮灌木丛里。开始的时候,他觉得妻子到这里来,肯定是同什么男人约会。但过了一会,他忽然听到妻子的哭声。妻子开始小声抽泣着,后来,哭声便大了些。好在那地方没人,没人围过来。哭了一会,妻子忽然在地上捡了一些石头,扔一棵树,一下又一下地扔着,边扔边骂道:"王八蛋,你是个王八蛋呀,我这么爱你,你却背叛我,要跟我离婚。"

他躲在那儿一惊一跳的,生怕妻子一激动,要跳河。为此,他做好了准备,一旦妻子跳下去,他会立即去救她。但这样的事没有发生,妻子哭了一阵、骂了一阵后,冷静了下来。随后,妻子用纸巾擦干眼泪,离开了。

女孩当然还会过问这事,女孩有一天问他:"你什么时候能把婚离了?"

他说:"我不想离。"

女孩忽然发作了,女孩扔了一只水瓶,哭着跑走了。

他没走,仍像呆子一样坐在那儿。

他也是男人

　　送水工敲了敲门，旋即，门开了，门里站着一个漂亮女人，漂亮得让送水工不敢看她。女人当然知道门外站着什么人，她刚才打过电话，让纯净水公司送水来。但她没想到，这么快就有人扛着水来了。扛着水的送水工现在就在她跟前，但现在，这个送水工站在漂亮的女人跟前有些不知所措。他低着头，什么话也不说，只站在门外。女人见了，就说，放下水呀。送水工听了，把水放下。女人说，麻烦你帮我换一下吧。说着，女人拿了一双拖鞋放在门口，那意思是让送水工换鞋进去。送水工就脱鞋，但脱了后，送水工又把鞋穿上了。送水工的袜子破了，脚趾也露了出来。送水工不好意思，所以又穿上鞋了。女人当然看见了，女人不想让送水工尴尬，就把拖鞋踢开了。然后说："不要换了，进来吧。"

　　送水工就穿着鞋进去了。

　　在换水的过程中，送水工闻到女人身上一阵一阵的香味，送水工又瞥了女人一眼，这一眼让送水工觉得，这不仅是一个好看的女人，还是个高雅的女人。

　　在后来的好几个月里，女人经常打公司的电话，让人送水。女人其实吃不了多少水，但那段时间经常停水。停了水，女人就得用纯净水，用纯净水淘米煮饭，用纯净水洗菜炒菜，也用纯净水洗脸洗脚。这样，女人用的纯净水就比别人多得多。送水工三天两头往女人那儿送水。有时,一天甚至送了两趟水。送水工现在再不穿露脚趾的袜子了,他敲开门,会脱了鞋换上拖鞋。但在漂亮高雅的女人跟前,送水工很自卑,他见了女人,仍不敢抬头,不敢正眼看女人。这样经常送水,送水工对女人的情况也是有所了解的,他知道女人有丈夫,丈夫开着小车,很有钱的派头。但送水工极少见到女人的丈夫。送水工给女人送了几十次水,只见过女人的丈夫一次。

送水工其实不是一个胆小的人,他只在那个漂亮高雅的女人跟前才有些自卑,才抬不起头。在外面,送水工的胆就大了,连去发廊找小姐这样的事他也敢做。有一天,送水工就去了发廊。但这天才进去,送水工眼睛就亮了。他看见那个女人了,就是送水工经常去送水的那家女人。在这里见到那女人,送水工真是喜出望外,送水工想也没想,立即点了这个女人,然后一起进了包间。

在包间里或者说在这种场合,送水工不再自卑了。他一进去就抱着女人,还说:"没想到我会在这里见到你。"

小姐说:"你认识我?"

送水工说:"你说呢,你不会在这种场合就装着不认识我吧?"

小姐根本不是那个女人,她不知道送水工在说什么,但小姐很会说话,小姐说:"我认识你,你认识我,我怎么会不认识你呢?"

送水工又说:"你原来是做小姐的呀,真好,太好了。"送水工说着时,手也没停,不一会他就剥开了小姐的衣服,然后和小姐快活起来。

几天后,送水工又去跟女人送水。这回,女人一开门,送水工就蹿了进去,鞋也没脱。进去后,送水工反手就关了门。放下水后,送水工一下抱住了女人。女人没想到会这样,女人一边挣扎,一边说:"你做什么,你这是做什么?"

送水工把女人当成小姐了,他当然不会在乎女人挣扎和说什么。送水工紧紧地抱住女人,同时把手往女人衣服里伸。这是夏天,又是在女人家里,送水工没费任何力气便摸到了女人的胸。一摸到女人的胸,女人忽然软了,不挣扎了,任由送水工一双手在身上胡作非为。这是送水工想到的结果。随后,送水工要继续,但女人忽然说道:"你能不能洗个澡呀?"

送水工说:"可以,我们一起洗吧。"

女人点点头。

送水工就和女人一起洗澡了,然后在浴室就把事情完成了。

两个人出来后,女人点了点送水工的额头,女人说:"你胆子怎么这么大呀?"

送水工这回回答得很好,送水工说:"还不是因为你漂亮呀,我忘乎所以。"说着,送水工拿了50元给女人。送水工还以为女人是小姐,他觉得应该给女人钱。但女人一脸的不屑,女人说:"我会要你这一点钱?"

送水工没想到女人不要他的钱,拿着钱,送水工不知所措了。

什么事有开始就会有继续,后来,送水工每次来送水,都会跟女人在一起。有时候,送水工不送水,也去敲女人的门。而女人呢,有时候不需要水,也会让送水工送水来。两人一见面就抱在一起,情人一样。但什么事做久了,就会出乱子。这天,两个人赤条条搂在一起时,女人的丈夫开门进来了。

毫无疑问,送水工和女人的游戏要结束了。送水工飞快地穿好衣服后逃了出去。但他逃得再快,女人的丈夫也认出他是送水工。女人的丈夫在送水工逃走后气昏了头,女人的丈夫说:"你们……你们为什么会在一起?"

女人开始没作声,只穿衣服。在丈夫一连问了好多句后,女人说:"你说我们为什么会在一起?"

丈夫说:"我不知道才问你。"

女人说:"这还不明白吗,你一个月回了几天家?"

丈夫说:"我不在家你就跟这种人呀,一个送水工?"

女人没出声。

丈夫又说:"你说,你说呀,你为什么要跟这种人?"

女人嘴角就动起来,女人说:"这种人,这种人也是男人呀。"

望远镜

他搬到海边那幢房子后,离海就近了。站在阳台上,他就可以看到海,还可以看到海滩。这海滩是一块天然浴场,每天都有无数男女下海游泳。那些女人,都穿着泳装,看得他总把眼睛睁得老大,但眼睛睁得再大,也看不清楚,毕竟离得有些远,他只能看见一些模糊的影子。

他妻子也喜欢站在阳台上,往海滩那儿看,很入迷的样子。一次看着时,妻子跟他说:"你看到了吗,海滩上好多人游泳。"

他说:"我看到了,好多女人还穿着泳装。"

妻子说:"你就知道看人家女人穿泳装。"

他不说话了,把眼睁得老大。但徒劳,他依然只能看见一些影子。

妻子又说话了,妻子说:"哪天我们也去游泳吧。"但刚说完话,妻子立即觉得这话说错了。他小时候患过小儿麻痹症,一只腿肌肉严重萎缩,他在家里都不敢穿短裤露那条腿,何况在大庭广众之下。果然,他听了妻子的话后有些生气了,他瞪了妻子一眼,然后说:"我不去,要去你去。"

妻子说:"你不去,我怎么会去呢。"

后来,他仍然喜欢站在阳台上,往海滩那儿看。妻子也一样,也喜欢往那儿看,仍然很入迷的样子。他见了,就会说:"是不是很想去那儿游泳呀?"

妻子仍说:"你不去,我怎么会去呢?"

他听了,当然很高兴。但有一天,他发现妻子是在用这样的话骗他。这天,他忽然就看到妻子穿了泳装在海滩上。当然,凭肉眼,他是看不清的。他下班时买了一台望远镜,一回家,就蹿到阳台上,然后迫不及待地用望远镜往海滩那儿看。这回看清了,他看见海滩上有无数的男男女女。那些女人,都穿着泳装,露着白白的腿和一大截白白的肚皮。他的眼睛就不离她们了,很认真地看。忽然,他看到妻子。妻子也穿着泳装,还是三点式的,也露着白白的腿和一大截肚皮。当然,他也怀疑自己看错了。于是睁大眼睛,不错,他真的看见他的妻子。

他就很生气了,他边上有一只茶杯,拿起来,狠狠地砸在地上。

接下来还有更生气的事,当他再把望远镜放在眼前时,他看见一个男人走近了妻子,接着,男人伸手拉着妻子,然后两个人在海滩上走来走去,很亲热也很悠闲的样子。他没想到妻子会背着他跟别的男人好,他简直怒不可遏了。他边上有一只保温瓶,他随手一脚,把保温瓶踢得稀里哗啦响,滚出满地的玻璃。

接着,妻子和男人搂在一起了。海滩上很多男女都这样搂在一起,但他没想到,自己的妻子会跟别人搂在一起。他气得把望远镜都想扔掉,但他舍不得。再说,扔了望远镜,怎么看见妻子在做什么。因此,他只把望远镜举了起来,并没砸下。但他还是想发作,很快,他把身边一只塑料凳子举了起来,然后重重地砸在地上。一只凳子,立即被他砸得稀巴烂了。

再接下来,他看见妻子和男人躺在一把太阳伞下了。男人把头枕在妻子肚子上,还用手在妻子大腿上抚摸着。他现在眼睛冒火了,他忽然大声叫起来:"李小兰,我要杀了你。"

显然,李小兰是他妻子。

他说到做到,他立即去厨房里拿了刀出来,然后一拐一拐要开门出去。但还没等他开门,他妻子开门进来了。他妻子看见他怒气冲冲的样子,手里还拿着刀,就说:"你怎么啦,你在生谁的气?"

他足足看了妻子好几秒,然后又蹲到阳台上去。在阳台上,他又把望远镜往眼睛上放。立即,他看到躺在太阳伞下的那对男女了。男人还用手在女人腿上摸着。但现在,他不生气了,他现在看清了,那女的,根本不是他妻子。

妻子这时也走到阳台上来了,见满地摔烂的东西,妻子便叫了起来:"怎么回事呀,像来了强盗。"

文　文

　　文文是我以前的邻居，我搬走后，就再没见到她。但有一天深夜，我看见她了。这晚，我从单位回家，路过广场时，一个女孩从旁边闪过来，女孩说，先生，要我陪你吗。我没理她，往前走，但女孩仍跟着我。女孩说，回头看看我吧，我绝对会让你动心。我仍不理女孩，只往前走。女孩还不死心，忽然跑到我前面来，拦着我。这里离路灯不远，我看了看女孩，忽然发现她很像我以前的邻居文文。女孩见我看她，就说，先生动心了，是吗？我这时候开口了，我说，不是我动心了，而是我觉得你像我以前的邻居文文。女孩说什么像文文，我就是文文。我说，胡说，文文怎么会做你这种事。女孩说，人会变呀，生活所逼。我忽然凶起来，我说，生活所逼也不要来做这个。女孩说，你这么凶干什么？你只是我的邻居，你有什么资格凶我？

　　说着，女孩扔下我走了。

　　我没走，还站在那儿，自从我搬走后，我最想碰到的就是文文，现在碰到了，却没想到她变成了这样。

　　女孩走远了一些，又回了回头，见我还站在这儿，她忽然走了回来。近了，女孩说，你不舍得我走，那你让我陪你呀，尽管我们是邻居，但我做了这事，就不怕碰见熟人。我说，文文你说这话让我心疼你知不知道，你怎么会变成这样，你原来不是这样子。女孩说，我原来是什么样子。我说，你原来一直是一个自尊心很强的人。我记得你小时候脚扭了，我要扶你，你说，我是男生，不让我扶，一只脚跳着回家了。女孩说，有这事，我怎么不记得。我说，我还记得有一天我拦在你家门口，让你从我的胯下钻过去，你没钻，一个人爬窗子出去了。女孩说，你怎么净记得这些陈芝麻烂谷子的事，我一点都不记得。我说，怪事，你怎么不记得呢，你小时候不但是一个自尊心强的人，还是一个好人。你记得么，我们街上有个王婆，你总是帮她做事，打酱油、买盐、买米。一次你把王婆买米的钱掉了，吓得一天都不敢回家。女孩说，这事我倒记得，但那是李婆，不是王婆。我说，就是王婆，你怎么说是李婆呢。有一天王婆在河边洗衣服，滑进了河里，是你拉她起来的。你还跳下水，救过小毛。女孩说，听你这么说，我以前是挺好的一个人。我说，就是，你一直很好，我搬走的时候，有点想你，但因为小，不敢开口。搬走后我也很想你，总想去看你，也去了几次，没看见你，没想到你变成这样了。女孩这回没接话，只低着头站在我面前，好一会儿，女孩才抬起头，女孩说我现在是不是很让你失望。我说太失望了。女孩说，说心里话，我对自己也很失望。我说，那你莫让自己失望呀。女孩说，晚了，太晚了，我都走到这一步了。我说，不晚，只要你重新做人。女孩眼睛忽然红了，女孩说，重新做人，做什么人，再怎么做，我在别人眼里也是一个婊子。

女孩说着，又走了。这回是跑走的。

我这回没站在那儿，我追了过去。我说，文文，你不要自卑，我一直觉得你是个好女孩，你改过了，还是好女孩。女孩说，你骗我的，我自己都不觉得自己好，别人怎么会觉得我好呢。我说，只要你不再做这种事，你就是个好女孩。女孩说，你不要说了，你走吧,我不会陪你了。我说,我现在不会走,我要说服你。女孩说,你别白费心机,我不做这种事,我去做什么。我说,你不要担心没事做,我可以给你找个事做,比如去做打字员。女孩说,我能做打字员吗?我认识几个字呀。我说,你原来读书成绩不是很好吗?你怎么不可以做打字员呢?女孩说,你说话怎么总拣好听的说?你是说我吗?我记得我以前成绩糟透了。我说,文文,你的话让我糊涂,你怎么总把自己看扁了,你不应该这样。

我们这回边说边走,我一边劝女孩,一边跟着她。很快,我们走过了广场,又来到一条小街上。很晚了,街上很静,没见什么人。走了一会,女孩说她到家了。我这时候应该走开,但我不死心,文文是我以前的邻居,我不忍心她永远这样做下去。为此,我跟她进去了。文文见我跟了进去,对我说,你回去吧,你怎么说,我也不会听你的。我说,你不知道,你在我心目中是一个多好的女孩。女孩打断我,你不会说你爱上我了吧?我说,只要你不这样下去,我或许会爱上你。女孩忽然笑了,笑得有点放肆。笑过,女孩哭了,女孩说,可惜你来晚了,在我走投无路的时候你怎么不来呀?我说也不晚,你完全可以重新开始。女孩摇了摇头,没用的,我想重新开始,别人也不会让我重新开始。我说,这关别人什么事——话还没完,忽然蹿进来几个人。几个人都穿着警服,其中两个人扭住我,另一个人则说我们是公安,现在捉到你嫖妓,你想公了还是私了。我挣开两个人,我说,你看看清楚,我穿戴整齐,像嫖娼吗?一个人说,你不嫖娼,孤男寡女同处一室做什么?说着,几个人又上来扭我,大声说,你不愿私了,那就公了,走。我说,看你们一伙就不像公安,走就走。我这样一说,几个人不扭我,而是想把我按倒,要抢我身上的钱。女孩开始没作声,见几个人要按倒我,要抢我身上的钱,女孩开口了,女孩说,松手,他是我邻居。一个人看着女孩,还说真的还是假的。女孩说,我还会骗你们吗?我们从小一起长大。一个人接嘴,你是不是还要告诉我,你们从小就青梅竹马?女孩说,就是,他从小就对我好,你们放开他。几个人就松开了我,一个人还装模作样为我整了整衣服,对我说,既然你是文文的邻居,我们就放了你,但你小子不能说出去,懂不懂。说着,这人一用力,把我推了出来,然后哐一声关了门。

第二天,我又去找了一次文文,我还想劝她。于是仍在深夜往广场去,想碰到她。但我没在广场看到她,倒是有别的女孩走近我,但她不是文文。没在广场见到她,我又去文文住的地方找,但走来走去,竟辨别不出文文住在哪里。

终于没见到文文。

不过我以前住的那条街我不会找不到。几天后,我来到那条街上,我搬走前就住这儿,和文文隔壁,我相信能在这儿找到她。

但结果却让我惊讶,我在街上看见了一个熟人,熟人满面笑容,说,什么风把你吹来了。我说,我找文文。熟人听了,脸色立即变了,说,怎么回事,文文不是在你搬走那年为了救小毛淹死了吗?熟人这么一说,我忽然想起来了,不错,我搬走那年,文文为了救小毛,下河后再没有爬起来。

我竟把这些事忘了,还一直以为文文活着。

那么,那女孩不是文文了,她不是文文,是谁呢?

赚 钱

女人需要钱。

两年前,女人贷了10万块钱住房公积金。这钱,是女人为丈夫贷的。女人的丈夫要做生意,没有本钱,便让女人贷了那10万块钱。贷款时说好了丈夫还,但丈夫做生意亏了,还不起贷。两年过去了,丈夫一分钱都没还。钱是以女人的名义贷的,这期间,住房公积金管理中心不停地打女人的电话,让女人还钱。在女人一直都不还钱后,住房公积金管理中心告诉女人,如果她不还钱,将通过法院起诉她。事情闹到法院,女人紧张了。有好多天,女人整天睡不着觉,她做梦都想着怎样弄钱。

这时候,一个男人出现了。

男人算得上有钱人,男人在一次饭局上认识女人后,对女人很有好感。单独约女人出来吃过两次饭后,男人对女人说:"我对你极有好感。"

男人又说:"我会想你,做梦都会想你。"

男人还说:"一个人会想另一个人,就是喜欢上这个人了。"

若在以往,女人听了这话,会走开。但这回,女人没走,女人笑笑,很开心的样子。

男人把那些话重复了无数次后,女人跟男人好上了,或者说女人做了男人的情人。女人之所以这么做,是看中男人有钱,女人确实太需要钱了,她相信,男人既然对她好,无论如何也会给自己一些钱。

但女人想得太简单了。

男人压根就没给女人什么钱,当然,也不是说男人一分钱也没花。男人经常带女人去吃饭,也给女人买了一些衣服。这些,也花了好几千块钱。但男人就没给过女人现金。女人想要男人的钱,但又不好意思开口。女人还算聪明,一次女人看着一辆车跟男人说:"这辆车真好看。"

女人还说:"女人开这样的车更好看。"

女人这是在跟男人暗示,如果男人说好看,我就跟你买一辆。女人就好开口了,女人会说她欠了几万块钱住房公积金,她不要男人买车,要男人先帮她还公积金。但男人根本不接她的话,男人说:"好看的车多得很。"说过,男人就跟她说别的。

那边还在不停地打电话催女人还钱,女人真的急死了。女人后来觉得自己都跟了男人,男人也应该帮她一下,于是女人直接跟男人开口了,女人说:"我贷了十万块钱住房公积金,这两年本来要还四万元,但一分钱没还,你能帮我一下吗?"

男人听了,当即变了脸色。

男人没给钱女人,不但没给,还在外面说女人,男人跟人家说:"女人跟我在一起完全是图我的钱。"

男人又说:"要钱我何必跟她好,外面的小姐多得很,又年轻又漂亮,还便宜。"

这话说过,男人冷淡女人了,不再找女人。

女人没得到男人的钱,还被冷落。女人当然知道原委,女人很气,但又无可奈何。

不久,又一个男人出现了。

天下男人都是一个模型里压出来的,这男人也是在酒桌上认识女人的,过后,男人也跟女人说:"我对你极有好感。"

男人又说:"我会想你,做梦都会想你。"

男人还说:"一个人会想另一个人,就是喜欢上这个人了。"

这也是一个有钱的男人,女人听了男人的话后,也笑着,很开心的样子。

男人把那些话重复了无数次后,就想跟女人好,女人这回接受上次的教训,在男人要跟她好时,先开口跟男人说:"我打开天窗说亮话吧,我贷了十万块钱住房公积金,这两年本来要还四万元,但一分钱没还。"

女人又说:"你如果给我还了这四万块钱,我一定会跟你好。"

这是个修养极差的男人,男人当即骂了女人,男人说:"你这样要钱,怎么不去当婊子?"

说过,男人扬长而去。

女人当即哭了,女人也骂:"天下男人没一个好东西。"

女人最后还是在住房公积金管理中心起诉前把四万块钱还了,这四万块钱有一万多块是女人的积蓄,另外两万多块钱是女人东拼西凑借的。钱虽然还了,但借债要还,而且,每个月还得还2000块的住房公积金。这些债务,让女人每天都愁眉苦脸。

这以后不久,女人真的去做了婊子。那个男人不是骂女人怎么不去当婊子吗,这话启发了女人,女人觉得当婊子确实是一条路。当然,女人不会在自己那座城市做,女人去了200公里以外的一座城市。女人还要上班,但女人星期五下午赶过去,星期一上午赶回来。

女人其实是很漂亮的。一回,一个嫖客就跟女人说:"小姐,你很漂亮。"

女人说:"谢谢!"

嫖客又说:"小姐你也很有气质。"

女人说:"谢谢!"

嫖客接着说:"你这样漂亮,又这样有气质,怎么会做小姐呢?"

女人不假思索地吐出了两个字:"赚钱!"

借　刀

张总请了个保姆,有钱人请的保姆也上档次,这保姆不仅年轻,还漂亮。漂亮的保姆是张总请来照看夫人的,张总的夫人半年前出车祸,变成了植物人,她应该有人来照料。但保姆来的第一天,才看了一眼夫人,张总便跟保姆说:"跟我出去吃饭吧。"

保姆不相信张总是喊她,但屋里除了一个躺在床上什么也不知道的植物人外,也只有她了,保姆于是怯怯地问张总:"叫我?"

张总说:"对,叫你。"

张总说着往外走。

保姆跟着。

坐在车上,保姆左右看着,又问:"这是什么车呀?"

张总说："宝马。"

保姆说："这车很贵吧?"

张总说："一百多万。"

保姆张大了嘴,不敢再问了。

这个保姆,说好了来照看张总的夫人,但照看的时候其实很少,张总经常带她出去应酬。在外面,张总的朋友经常会问:"张总,这是你女朋友吧?"

也有人说:"是张总的情人吧?"

张总这时候微微笑着,指着保姆说:"你问她吧?"

保姆开始的时候脸红心跳,她回答说:"我是保姆。"但过久了,保姆不再脸红了,也不心跳,保姆有一天甚至敢这样回答人家:"我也希望我是张总的女朋友。"

这时候的保姆,有时候真的觉得自己不像个保姆,倒像张总的情人或女朋友。保姆经常坐着张总的宝马出去,出去吃饭,出去跳舞,有时候还出去打球,出去游泳。这样的生活,保姆只在电影里见过。好多次,保姆坐在张总身边时,总觉得自己就在电影里。这时候,保姆真的觉得自己就是张总的女朋友了。一次,保姆问张总:"你为什么对我这么好?"

张总说:"你说呢?"

保姆这时候在张总跟前已经很随便了,保姆说:"你是不是喜欢上了我?"

张总说:"你觉得我喜欢你?"

保姆说:"不喜欢我,怎么总带我出来?"

张总笑笑,没回答。

过后,张总还是经常带着保姆出去,出去唱歌,出去跳舞或者出去打球、游泳。一次搂抱着跳舞时,保姆悄声说:"我觉得我就是你女朋友。"

张总说:"我可没这样说。"

保姆说:"你会不会让我做你女朋友呢?"

张总说:"床上还躺着个人呢,我们还不能往这方面想。"

这话一说,保姆回到了现实里,她明白,自己只是个保姆。

这天之后,张总要出去几天,让保姆好好照看他夫人。保姆从来就没好好照看过张总的夫人,她在张总走后的第一天,看都没看张总的夫人一眼。第二天,保姆忽然想到,如果躺在床上的这个人没有了,她就有可能成为张总的女朋友。那时候屋里只有她一个人,当然,还有床上一个植物人。保姆觉得,她神不知鬼不觉地弄死床上这个人,谁也不会知道。这样想着,保姆就动手了,她用枕头捂着张总夫人的嘴。床上本来就是个植物人,她一捂,就没气了。看见床上的人没气了,保姆急急忙忙打了张总的手机,保姆说:"张总,夫人不行了。"

张总跟保姆说:"快打120,叫急救车,我马上赶回来。"

保姆打了120,但医师赶到时,人已经没气了。

几个小时后,张总也赶了回来。

几天后,也就是张总把后事处理完了后,他给了保姆一沓钱,张总说:"你的工作完成了,你可以离开了。"

保姆很意外,保姆说:"张总,你要我走?"

张总说:"对呀,你只是个保姆,夫人没了,你当然得离开呀。"

保姆想说什么,但又觉得无话好说。犹豫了一会,保姆接过钱,走了。

这以后不久,张总结婚了。

新娘当然不是那个保姆。

新来的邻居

两个女孩搬来的时候,院子里有很多人。两个都是漂亮的女孩,穿得很露,无袖衫,低腰裤,肚脐眼以下还露出一块,白白的。院子里那些人的眼睛就有地方放了,他们都盯着女孩看,很久。

女孩是在院子里租房子住,她们行李简单,很快就收拾好了。随后,两个人像蝴蝶一样翩跹着走了。但女孩在大家眼里消失了,却没从大家心里消失。几个人在女孩离去后还待了一会,然后一个人说:"这两个女孩是做什么的呀,穿得这么露?"

一个人摇头。

一个人没摇头,这人说:"看样子像做小姐的。"

一个人说:"不错,做小姐的都穿得这样露。"

也有人持不同意见,一个人说:"不一定吧,现在街上穿低腰裤的女孩多得很。"

先前那个说话的人就说:"我敢跟你打赌,这两个女孩一定是做小姐的。"

当然没人跟这人打赌,多数人还是觉得,两个女孩有些像小姐。

其实女孩不是小姐,她们在一家玉器店上班。院子里有一个人,有一天就在玉器店看见了她们。这个人看见两个女孩从院子里出去,悄悄跟在后面了。他想看看女孩在哪家发廊做小姐。跟了很久,这人看见女孩走进了一家玉器店。很快,女孩穿好店服,站在柜台里。这个结果让人很失望,那人怎么也没想到,两个露肚皮的,看起来像小姐的女孩,却是玉器店的服务员。本来,这人回来后可以告诉院子里的人,说两个女孩不是做小姐的。但这人曾经说过两个女孩是小姐,说得那么坚决。现在告诉人家两个女孩不是小姐,等于打自己的嘴巴。这人不会那么傻,他没有声张,也就是说,他没把这事告诉人家。

院子里那些人,的确认为两个女孩是小姐。得出这样的结论后,院子里那些人看女孩的眼睛就有些怪怪的。男的不怀好意或死死地盯着女孩看。女的呢,眼睛里就有些不屑。有些女人看着男人死死地盯着两个女孩看,就说:"你是不是想把人家吃进肚子里呀?"院子里也有些女孩,她们见了两个女孩,会笑一笑,算是打招呼。但过后,她们的大人会跟女孩说:"看她们就不是什么正经女孩,不要理她们。"女孩一般晚上9点多回来,这时候有人听到动静,总在黑暗注视着女孩,看她们会不会带一些男人来过夜。但女孩没带过男人回来。也有人在女孩把门关了后,会悄悄地过去,把眼睛贴到门缝上,想看看里面有没有男人,但也没看到过里面有男人。那些关注女孩的人就有些不解了,他们在心里跟自己说:"这两个做小姐的,怎么没有把男人带来过夜呢?"

其实,不仅有人关注两个女孩。还有人居然想打主意。有一个人,一看见两个女孩,心里就痒痒的。有一天,那人真打起女孩的主意来,他借故到女孩屋里抄水表,当看见只有一个女孩在屋里时,那人便嬉皮笑脸地看着女孩说:"小姐,你真漂亮。"

女孩客气地回答说:"谢谢!"

那人又说:"我知道你是做什么的。"

女孩说:"你说我是做什么的?"

那人说:"你在发廊做小姐呀!"说着,那人竟胆大妄为起来,伸手把女孩抱住了。

女孩就生气了,她一边推开那人,一边说:"你做什么,放手。"

那人不放手,只说:"我知道你在发廊做小姐,我不去发廊那种地方,我就在这儿找你吧,我同样给钱。"

女孩当即大怒,一下子把那人推开了,还重重地打了那人一巴掌。

那人没想到会挨打,那人有些委屈了,他说:"不同意就算了,大不了我到发廊去找你。"

说着,那人捂着脸走了。

有了这次事后,两个女孩很快搬走了。

房子空着,总有人租。不久,又有两个女孩搬来了。也是两个漂亮的女孩,穿无袖衫,低腰裤,肚脐眼以下还露出一块,白白的。没人见到先前两个女孩搬走,只觉得有几天没看到那两个女孩。过了几天,又看到了。其实,再看到的女孩,已经不是先前两个了,但没人看得那么仔细。这些女孩穿得差不多,院子里的人以为还是先前那两个女孩。

这两个新搬来的女孩还真是做小姐的。一天,院子里一个人往一家发廊门口走过,看见她们了。这人怕看错,认真看了几眼,证实没看错后,这人马上回来告诉院子里的人说:"那两个女孩真是做小姐的哩。"

院里的人听了,并没有大惊小怪,他们说:"我们早就知道,还用你说。"

对　面

张南总是和他年轻的妻子站在窗前,往外看。外面是一幢楼,离张南这幢楼只有十几米。张南和妻子站在窗前,实际上只看得见这幢楼。这是一幢新做好的商品房,差不多住满了人,一到晚上,几乎所有的窗户都亮着灯。但也有一扇窗子,一直黑咕隆咚的。这是三楼的一扇窗子,比张南所住的四楼矮一层,但正对着张南的窗口。张南当然注意到这户没住人,有一回,张南对妻子说:"对面好像还有一户没住人。"

妻子也注意到这户没住人,妻子接嘴:"是三楼那户吗,好像是没住人,窗子一直都是黑的。"

过后,张南和妻子每晚都会看看那扇窗子。

那窗子,依然黑咕隆咚的。

忽然有一天,对面亮灯了。

张南才走到窗前,就看见对面有灯光,张南于是对妻子说:"对面好像住了人哩。"

妻子也走到窗前,看了一会,说:"是住了人,好像住了个女孩。"

的确,对面住着一个女孩。女孩不时地晃到窗前来,又从窗

前晃开去。张南眼睛好,看出那是个皮肤白皙、身材高挑,十分漂亮的女孩。

从此,张南的眼睛更有着落了。

那是一个大热天,女孩穿得很少,女孩有时候穿无袖衫,有时候穿吊带裙,有时候干脆穿一个胸罩。一个漂亮的女孩,袒胸露臂的,张南看得不但睁大了眼,嘴巴也张得老大。

妻子当然发现张南一副馋相,妻子这时"哗啦"一声拉上窗帘,然后说:"你看你,恨不得把眼睛贴在人家身上。"

张南笑笑,张南说:"免费表演,不看白不看。"

说着,张南又"哗啦"一声拉开窗帘。

后来,张南和妻子又有新的发现。

他们发现窗子里还有男人。

妻子先看到对面的男人,看了一会儿,妻子跟张南说:"对面有男人哩。"

张南回答:"这有什么奇怪,有女人的地方就有男人。"

话是这么说,但张南还是来到了窗前,和妻子一起往对面看。看了一会儿,他们又看出名堂了,这就是男人喜欢动手动脚。男人时不时在女孩脸上、身上甚至胸部摸一下,又摸一下。后来,男人干脆抱着女孩。张南这时候又把眼睛睁大了,但这时,女孩一伸手,把窗帘拉上了。夜很深,也很静,张南和妻子甚至听到对面拉上窗帘的"哗啦"声。

第二天晚上,他们又看见窗子里的男人。张南和妻子看了一会儿,忽然发现这不是昨天晚上那个男人。昨天晚上是个小白脸,而这个男人,满脸胡子拉碴的。这个男人也喜欢动手动脚,男人不时地在女孩脸上、身上甚至胸部摸着,然后也抱着女孩。女孩和昨天一样,会腾出手来拉上窗帘。

女孩的屋里,从来都没离开过男人。张南和妻子发现,那都是不同的男人。有时候一个晚上,女孩屋里也会来好几个男人,来了,又走了;走了,又来了。每个都不相同。张南便知道女孩是做什么的,张南问妻子:"你知道对面的女孩是做什么的吗?"

妻子说:"再蠢的人也知道。"

张南说:"那是个小姐。"

妻子说:"不错,是个小姐。"

妻子说着,又"哗啦"一声把窗帘拉上了,还说:"你以后少在窗前看她。"

张南说:"看看有什么关系。"

妻子说:"不行,不能看,看多了,说不定你也想跑过去呢。"

妻子这话有一天真应验了,有一天晚上,张南不在,妻子一个人站在窗前往对面看。忽然,妻子好像看见张南在对面,而且也那样动手动脚摸女孩。妻子勃然大怒了,转身就蹿出门,然后往对面跑去。

片刻,妻子就到了,妻子一边拍着门,一边说:"开门——开门——"

拍了好一会,里面的女孩才把门打开。妻子狠狠地瞪了女孩一眼,然后往女孩身边蹿进去。但在屋里,妻子并没看到张南。妻子几间房子都看了,也没看到张南在屋里。

妻子不可能在这里看到张南,因为张南根本就没来过,他看见的那个男人只是像张南,但他不是,那只是另一个男人。这个男人妻子倒看见了,但这个男人妻子根本不认识。

妻子只好走回来。

回到家时,妻子看到张南在屋里。看见妻子回来,张南一脸的严厉,张南说:"我刚看见你在对面,你说,你到对面去干什么?"

这话来得突然,妻子一时怔住了,没回答。

张南又开口了,而且声音很大,张南说:"你回答我,你怎么会去那种场合?"

请不要开这样的玩笑

女人的丈夫出去打工后,女人就很孤单了。女人住在一个院子里,以前,女人的丈夫没出去时,女人总是和丈夫双进双出。女人的丈夫一出去,女人进进出出就一个人了,真的觉得很孤单。

这以后不久,或者说女人的丈夫出去后不久,院子里一个男人的妻子也出去打工了。一个女人的丈夫出去了,一个男人的妻子出去了,这就让人很有想法。一天,女人和男人都在,一个人开着他们的玩笑说:"你们两个人一个走了老公,一个走了老婆,我看你们完全可以'资产重组'。"

一个人接着说:"如果你们不'资产重组',那太浪费资源了。"

男人听了,笑着说:"我没意见。"

女人没笑,她严肃地说:"请不要开这样的玩笑!"

这样的玩笑,后来还有人开过。女人是一个人,男人是一个人,一个人最不好做饭,做多了吃不了,不做又没有吃。女人一到做饭时就抱怨,说真不想做这餐饭。院里一个人,有一天又对她说:"你们还是合伙吧。"

女人这回有些生气,女人说:"这样的玩笑最好不要开。"

看见女人生气,就没人再说了。但表面上不说,私下里还是会嘀咕。一天,男人女人都不在,院子里的人就站在门口说起女人男人来,一个说:"他们一个老公不在,一个老婆不在,难道就不会发生一点故事?"

一个人说:"谁知道呢?也许他们暗地里好上了,只是我们不知道而已。"

一个人说:"很有可能,他们就住隔壁,说不定他们屋里开了门呢,然后神不知鬼不觉地在一起做夫妻。"

众人这回一起说:"有可能。"

这话说过后,院子里的人就留心起来。比如有人借故到男人屋里去,看看男人屋里是不是真的开了一扇门,门通到女人家里。当然,这样的事大家没看到。没看到这样的事,大家又想看到别的事。比如女人有时候回来得晚,这时候院门关了,女人便在外面喊:"开一下门。"以前,女人丈夫在的时候,院子里的人在女人喊过后,会立即出来开门。但现在,院子里没人出来开门。不是他们对女人有意见,是大家都想让男人去开门,然后看他们之间会发生什么事。男人在女人连叫了几声后,还真的出来开门了。这时候所有藏在门后的眼睛都睁大了,想看他们会说些什么或做些什么。但大家又失望了,开了门,男人女人就各自回屋了,他们一句话也没说。院子里的人似乎不能接受这样的事实,一天,男人女人不在,他们又在一起,然后一个人说:"他们孤男寡女的,怎么就不会出现一些状况呢?"

另一个人说:"是呀,挺奇怪的。"

说着话时,男人回来了,在男人跟前,大家就很少顾忌了,一个人对男人说:"你怎么就不努力努力,老婆走了,找个人取代嘛。"

男人说:"这怎么是我努力得了的事呢?"

又一个人说:"你们是不是私下里好上了?"

男人说:"没有。"

大家说:"真没有?"

男人说:"真没有。"

院子里的人后来相信了男人的话,因为他们经过很久的观察,确实没见他们有什么异常。

过年前,女人的丈夫回来了。随后,男人的妻子也回来了。但一过完年,两个人又走了。这回,两个人结伴而去,也就是说,他们是一起出去的。院子里的人就觉得奇怪了,但随后一打听,不奇怪了。原来,他们在同一座城市打工。

过了大半年,这外出打工的一男一女又回来了。这次回来,女人和他外出打工的丈夫便吵得不可开交。而男人,则和外出打工的妻子吵。院子里的人仔细一听,明白了。原来外出打工的一男一女耐不住寂寞,在外好上了。也就是说,在家的一男一女没出现任何状况,而外出打工的一男一女却好上了。这次他们匆匆赶回来,是来办离婚的。女人似乎不愿意离,很多次,院子里的人都听到女人骂着他那外出打工的丈夫说:"畜生,你是个畜生,只要是母的你就要。"

但骂也没用,女人外出打工的丈夫硬要离,最后还是离了。

男人和他打工的妻子,不久后也离了。

离了婚,那一男一女就走了。

现在,男人和女人都是单身了。他们一个被丈夫抛弃,一个被妻子抛弃。院子里的人现在很同情他们了,没人再跟他们开玩笑,也没人再暗中留意他们。在大家看来,两个受伤的人,如果会好起来,那是天大的好事。但似乎,女人和男人还和以前一样,各不相干。也就是说,他们根本没好。院子里的人就有些着急。一天,男人女人都在,院子里一个人走到男人女人跟前,很关心地看着他们说:"我觉得你们俩很合适。"

这话没一点开玩笑的意思,但女人还是说:"请你不要开这样的玩笑。"

这话说过不久,女人就搬走了。

报　警

女人对面那套房子一直空着,没住人。女人进进出出,总看见对面的门关着。但有一天,女人从外面回来时,看见对面开着门。旋即,从里面走出来一个女孩。女人看了看这个女孩,女人看见女孩穿得很露很透,上面露胸下面露腰。女孩弯腰穿鞋时,女人看见女孩前露乳沟后露屁股沟。

女人断定这个女孩是个小姐。

女人是见过小姐的,在女人去上班的路上,就有很多发廊,里面的小姐全部穿着上露乳下露肚的衣服,见了男人就招手。女人还听人说,这些小姐有的在外面租房子住,做暗娼。但女人没想到,自己对面的房子,居然也被小姐租了。

女人有些担心。

女人随后见着丈夫了,女人跟丈夫说:"对面住人了。"

丈夫不感兴趣的样子,说:"是吗?"

女人又说:"住了个女的,袒胸露乳的,我看像个小姐。"

丈夫这回很有兴趣的样子,说:"住了个小姐?"

女人盯着丈夫看,女人说:"听说是个小姐,你好像很有兴趣的样子。"

丈夫说:"我会对小姐感兴趣?"

女人说:"没有不吃腥的猫。"

这天以后,女人对对门十分关注。女人在屋里听到外面有脚步声或开门声,都会跳到门边来,然后从猫眼里往外看。女人还真的多次看到对门那个小姐。不仅如此,女人还看见一些陌生的男人,这些男人总是神色慌张地往女人屋里去。女人每见到一次,如果丈夫在屋里的话,她都要跟丈夫说:"那女人真的是个水性杨花的女人。"

女人又说:"刚才又勾引了一个男人。"

女人还说:"我提醒你呀,你千万不要被那个水性杨花的女人勾引了。"

女人的丈夫这时回答:"你说哪里的话,我还没见过人家呢。"男人说的是实话,他的确还没见过对面那个人,他只是从妻子嘴里听到对面住了人。但女人不相信,女人说:"你们男人最会伪装,你越是说得玄乎,就越有问题。"

男人一脸冤枉的样子,男人说:"我真的没见过对面住的人。"

女人说:"不要说了,我会相信吗?"

女人不仅在猫眼里看见对面的小姐,女人进进出出时,也经常碰到小姐。女人见了小姐,从不理她,还做一脸不屑的样子。小姐见女人一脸的不屑,当然也不会理睬女人,只木木地从女人跟前走过。有时候,女人还会在楼道里碰到一些陌生的男人。这些男人在楼道里碰到人,总是很不自在的样子。女人知道他们是嫖客,对他们仍做一脸的不屑。

女人的丈夫后来也多次见到过小姐。女人的丈夫总觉得这个小姐很漂亮。对这样漂亮的小姐,女人的丈夫当然不会做出不屑的样子。小姐呢,见了女人的丈夫也是另外一个样子,小姐总是对女人的丈夫笑一笑,算是打招呼。女人的丈夫在小姐笑过后,也回一个笑。笑过后还在心里想,这么漂亮的女孩怎么会做小姐呢。这样想着,有一次女人的丈夫还问起妻子来,丈夫说:"对面那小姐很漂亮的,这样的女孩怎么会做小姐呢?"

女人没顺着丈夫的话回答,只问:"你见到那小姐啦?"

丈夫说:"见到了。"

女人说:"你怎么见到的?"

丈夫说:"你这不是废话吗?她住对面,我们天天进进出出,还见不到吗?"

女人说:"这么简单?"

有一天,又一个陌生的男人走进了对门,女人的丈夫正在屋里,女人对丈夫说:"对面怎么能住一个婊子呢?我们报警吧。"

丈夫说:"还是少管这样的闲事吧。"

女人听了丈夫的,没打电话,但女人仍讥讽丈夫:"你当然巴不得对面住一个婊子。"

再一天,女人从外面回来时,看见对面门开了,接着走出一个满身酒气的男人。这男人见了女人,嘿嘿地笑着,还说:"新来的呀?"

女人非常生气,但不敢发作。女人只厌恶地从男人身边走过,然后开门进屋去了。

大概十分钟后,女人的丈夫回来了。女人的丈夫走上楼时,对面的小姐正好开了门。见了女人的丈夫,小姐又笑。女人的丈夫也笑,还站下来,木在门口。小姐见女人的丈夫木在那儿,就说:"站那儿干什么?想进就进来呀。"

女人的丈夫还真的进去了。

在女人的丈夫进去时,女人听到对面有动静了。女人又跳到猫眼上看,但她迟了,女人只在对面关门时看到一个男人的背影。

女人还在生气,现在又看见一个嫖客去了对面,女人想也没想,便拿起了电话。

也是十分钟后,公安把门敲响了。

女人的丈夫还在屋里,听到急促而杂乱的敲门声,女人的丈夫便蹿到阳台上。这儿和他家隔壁,阳台靠着阳台,他翻上栏杆,想爬到自家的阳台上去,但心慌意乱,居然摔了下去。

女人很快听到楼下的喧哗声,接着听到外面的喊声,说有人从阳台掉了下去。

女人急忙开门跑下去看。

女人看见自己的丈夫倒在血泊里。

第三辑

爱情魔方

那一夜

有一天，我毫无来由地想起了吴贞。吴贞是我以前的邻居，那时候我住在抚州城外的河东湾，吴贞也住在这条街上。每天，吴贞都会从我家门口走过。吴贞梳着长长的辫子，走路时两条辫子一摇一摆，我的眼睛便被吴贞拉直了，我会一直看着她，想让她塞满我的眼睛。

现在，吴贞就在我眼里。

随后几天，我不时地会想到这个吴贞。我已经有20多年没见到她了，现在既然不时地会想着她，我觉得有必要去看看她。

一天傍晚，我去了。我现在住城里，我经过我们抚州一座古老的文昌桥，再往前走。天黑后，我到了河东湾。

抚州很多地方都变了，但抚州城外还没变。走到这儿，我仿佛走进了从前。街很窄，街上青石板高低不平，两边依然是木门木屋，低矮破旧。走了一会，我认出吴贞的屋了。门关着，我敲了敲。俄顷，一个人开门了，很年轻的一个女孩，梳两条长辫子，她看着我说："你找谁？"

我说："我找吴贞。"

开门的女孩说："我就是。"

我大吃一惊，我说："你是吴贞，不可能吧？"

女孩说："我就是吴贞，怎么不可能呢？"

我说："吴贞不应该像你这么年轻，她跟我一样大，她应该像我这样老。"

女孩说："你老吗，不老呀，你也很年轻。"

我就笑起来，我说："我头发都花白了，满脸皱纹，我怎么会年轻？"

女孩见我不信，就拿来一面镜子递给我。我照了照，发现镜子里的我真的很年轻。女孩屋里没灯，但门开着，外面月光很亮。在月光里，我从镜子里看见我只是个二十来岁的年轻人。看见自己这么年轻，我有些激动，我对女孩说："镜子里这个人真是我吗？"

女孩说："不是你是谁？"

我说："你知道我是谁？"

女孩说："我怎么不知道你是谁，你是小刘，一开门，我就认出你是小刘。"

我说："可是我现在是老刘了。"

女孩说："你怎么会觉得自己老呢，你一点都不老呀。"

我没接话，只看着女孩。现在，应该说看着吴贞。月光下，我看见吴贞跟以前一样漂亮。我一直喜欢吴贞，现在，又看见她了，我觉得我应该把我的心思告诉她，我说："吴贞你知道吗？我一直喜欢你。"

吴贞说："知道，我每天从你门口走过，你都会盯着我看。"

我说："你喜欢我吗？"

吴贞不说话了，只低下了头，月光下，我看见吴贞脸红了。

我后来还问了一句："你喜欢我吗？"

吴贞这回点了点头，我就欣喜若狂了，我急忙去拉吴贞的手，但吴贞晃开了，吴贞说："你怎么这样？"

我就有些不好意思了，脸红起来。

随后我们没说话,好久没说话。呆坐了好久,吴贞才跟我说:"唱唱歌吧,我知道你喜欢唱歌。"

我说:"你唱吧,我觉得你唱得比我好听。"

吴贞就唱起来:

抬头望见北斗星/心中想念毛泽东/想念毛泽东……

唱完后吴贞问我:"好听吗?"

我说:"你怎么唱这么老的歌?"

吴贞说:"那我再唱过一首吧。"

吴贞又唱起来:

北京的金山上光芒照四方/毛主席就是那金色的太阳……

这次还没等吴贞唱完,我就打断她:"这歌也老,现在也没人唱了。"

吴贞就说:"那你唱什么歌呢?"

我说:"我唱秋天不回来,狼爱上羊,香水有毒。"

吴贞说:"怎么可能呢,秋天怎么会不回来呢,今年秋天过去了,明年还会再来。再说狼怎么会爱上羊呢,狼只会吃羊。还有香水有毒,香水又不是让你吃,怎么会有毒?"

我说:"那我唱另一首吧。"说着,我唱起来:

这不是偶然/也不是初缘/这是上天对/重逢的安排/我应该如何/如何回到你的心田/我应该怎样/怎样才能走进你的梦……

唱到这里,吴贞插了一句说:"唱的什么呀,乱七八糟?"

我继续唱道:

我想呀想/盼呀盼/盼望回到我们的从前/我望呀望/看呀看/再次重逢你的笑脸/那一夜/你没有拒绝我/那一夜/我伤害了你……

唱到这里,我很希望在这样的夜深人静的时候,吴贞也不会拒绝我。随后,我拉住了吴贞的手,并把她往我怀里搂。但吴贞坚决地拒绝了,她粗暴地推开了我,然后说:"小刘,你变得不正经了。"

说着,吴贞起身进了里屋,再没出来。

我还坐在那儿,坐了一会儿,我睡着了。

醒来时是第二天早上,我发现我睡在一片废墟当中。我身边到处是倒篱烂壁,到处是断壁残垣。有一个人,在我坐起来时看着我说:"好奇怪哟,你怎么会睡在这儿呢?"

我爬起来走了。

几天后的一个晚上,我和一伙朋友吃饭,喝了不少酒后,我们一伙人去了按摩厅。有一个小姐,看起来蛮清纯,但跟着她才进包间,这小姐就把自己脱得精光。我也没谦让,立即压了上去。完事后我看着小姐,问她:"你叫什么?"

"吴贞——"小姐说着,头也不回地出去了。

游　客

女人见过男人的妻子,不是见过一次,是三次四次。男人来的时候,总把妻子带来,然后两个人牵着手去爬天门山。但后来,男人就很少带他的妻子来。很多次了,男人都一个人来。男人再去爬天门山时,就形孤影单,孤寂寂的。女人有一次就问男人:"怎么没把你老婆带来呢?"

男人说:"她弃我而去了。"

女人就不再问了。

女人在天门山开了一家乡菜馆。天门山是龙虎山风景区的一个游览区,不太出名,平时游客很少。只有男人,他好像特别喜欢天门山,是经常来的一个游客。以前带妻子来,妻子走了,男人就一个人来。来了,就在女人这儿吃饭。有时候,还住下来。女人的餐馆不仅可以让人吃,还可以让人住。男人住下来后,就会拿着一本书看,一看许久。女人看见男人看书,就问:"你是读书人?"

男人点头。

女人说:"我最崇拜读书人。"

男人就笑。

一次,男人也发现异常了,发现女人的丈夫不见了。男人是见过女人丈夫的,也不是见过一次,是五次十次。但后来,男人一次一次来,居然再没见到过女人的丈夫。男人有一次就问女人:"怎么没见到你老公呢?"

女人说:"他也弃我而去了。"

男人也不出声了。

男人这天又在天门山住下了。在女人为男人收拾客房时,男人忽然抱住了女人,从后面抱着,然后男人说:"我觉得天门山是世外桃源。"

被男人抱着,女人并没惊慌,女人接过男人的话说:"那你就待在这世外桃源,别走呀。"

男人说:"我不走。"

男人这一说,女人忽地响应起男人来,女人转过身来拥着男人,还说:"真不走?"

男人说:"真不走。"

女人这句话,在以后很多很多天里问了一遍又一遍,女人总是在拥着男人或躺在男人跟前时问男人:"你真不走?"

男人说:"真不走。"

女人这时候就很感动,她不说话,但紧紧地拥着男人。

天门山游客不多,但有时候,还是会有一些游客来玩。他们一般都在女人这儿吃饭,女人这时候就很忙了。男人呢,看见女人忙,就会去帮一帮女人,比如帮女人择一择菜或端一端菜。有跟女人熟一些的游客,就不时地瞟男人一眼,然后问女人:"这是你男人吗?"

女人笑一笑,不出声。

男人也笑,笑过,开口说:"是,我是她男人。"

一天,来了一个很漂亮的女人。女人开车来,开一辆"广本飞度"。漂亮的女人也是游客,但女人不仅仅来玩,女人走的时候,会买很多蛋回去。有时候,女人甚至就不是来玩,而是专门来买蛋。天门山的土鸡蛋很出名,很多游客玩过后,都会带一些蛋回去。甚至,有些游客后来不是来玩了,而是专门开了车来买蛋。漂亮的女人就属于这类游客。因为经常来,她跟女人很熟了,见了女人,开口就说:"今天我想买100个蛋,有吗?"

女人说:"有。"

漂亮的女人随后发现男人了。男人那时候在看书,看一本厚厚的书。漂亮的女人看见这儿有一个看书的男人,便不时地瞟一眼男人,又瞟一眼,再瞟一眼。后来还问女人:"这是你男人吗?"

女人仍不出声。

这回,不知为什么,男人也没出声。

男人随后不看书了,他在漂亮的女人不时地瞟着他时,也不时地瞟女人一眼,又瞟一眼,再瞟一眼。

这个漂亮的女人,三天后又来买蛋。女人见了她,很有些惊讶,女人说:"你前两天不是买了100个蛋吗?"

漂亮的女人说:"有人跟你买蛋,不乐意吗?"

漂亮的女人仍要买100个蛋,女人没那么多,便到别人家去凑。女人出去后,男人看着漂亮的女人说:"你很漂亮。"

漂亮的女人没出声。

男人又说:"真的很漂亮。"

漂亮的女人仍没出声。

男人再说:"不对,不能仅仅用漂亮来形容你,而应该用另外两个字,那就是美丽。"

漂亮的女人忽然笑了,还说:"听你说话,你是个读书人。"

男人也笑了。

又是三天后,漂亮的女人又来了。女人见了漂亮的女人,十分意外,女人说:"你怎么又来了?"

漂亮的女人说:"买蛋呀。"

女人屋里没有蛋,女人又得去别家凑。女人走了,漂亮的女人便看着男人说:"看你的样子,你想永远待在这里呀?"

男人说:"我跟你说过我要永远待在这儿吗?"

漂亮的女人说:"还好,书没把你读呆了。"

男人说:"我也是这么认为的。"

漂亮的女人要开车走时,男人忽然跟女人说他要搭漂亮女人的车回去一趟。漂亮的女人没意见,开着车门等男人。但女人的脸色很难看,她对男人说:"脚在你身上,你要走就走吧?"

男人于是简单地收拾了一下行李,上了漂亮女人的车。

车开走后,男人看着漂亮的女人,问:"你好像对我有好感?"

漂亮的女人说:"我看你第一眼时,就觉得你是个忧郁的男人。"

男人说:"这跟你对我有好感有什么联系吗?"

漂亮的女人说:"有时候,我们女人看见一些忧郁的男人,会莫名其妙地怜惜起来。"

男人说:"你只是怜惜我吗? 那我下车。"

漂亮的女人说:"你下得去吗?"

漂亮的女人再去天门山是三个月之后,见到女人,漂亮女人开口说:"买蛋。"

女人说:"没蛋。"

漂亮的女人说:"我几个月没来买蛋,你怎么会没蛋呢?"

女人说:"没有就是没有。"

漂亮的女人便在屋里看。立即,漂亮的女人看见一只塑料筐里装着蛋,漂亮的女人于是说:"那不是蛋吗?"

女人说:"有蛋也不卖给你。"

漂亮的女人说:"你卖蛋,我给钱,你有蛋不卖,这不是跟钱过不去吗?"

女人忽然发火了,女人说:"我就是跟钱过不去。"说着,女人双手端起那个装蛋的塑料筐,然后一用力,把蛋摔在地上了。摔过后,女人说:"现在没有蛋了,你可以走了。"

漂亮的女人呆了,呆了一会儿,转身走了。

漂亮的女人后来再没来过。

至于那个男人,更是杳如黄鹤,一去不返了。

停　车

女孩在停车场看车。

是个很好看的女孩,身材高挑,身姿婀娜。这样的女孩如果在机关、外企或者超市看到,都不稀奇,但在停车场这种多半是老头做事的场合看到,就稀奇了。来停车的人,见了女孩,都会多看一眼。车上有人的话,他们会说:"这女孩挺好看的!"

女孩做事很负责,车来了,女孩总会跑过去,指挥人家把车倒在什么地方。女孩跑到车前,打着手势说:"再倒一点,往左偏一点,好了,就这样。"

车主出来,冲女孩笑笑,还说:"谢谢!"

女孩说:"不谢!"

也有人不说谢谢,他们出来后,看着女孩说:"你真漂亮!"

轮着女孩说谢谢了。

来停的车,一般都有固定的车位。有的车,甚至是多交了些钱,专门停在一个地方。但也有些临时来停车的人,不遵守规则,随便停车。有一天,就有一个女人开了一辆广本飞度来。是个非常好看的女人,也有气质。女人把车开进来后,还没等女孩跑过去,就停好车了。这车位是别人的专用车位,女孩见女人从车里出来,跟她说:"这地方不能停。"

女人说:"停车还有规矩吗,我就停这里。"

女孩就觉得这女人太霸气了,但女孩还是说:"可是你占了别人的车位呀。"

女人说:"我想怎么停就怎么停,关你什么事?"

说过,女人扬长而去。

过后,那车位的车主开车来了,这个男人见自己的车位被占了,很不高兴,男人凶女孩:"你怎么让别人占了我的车位?"

女孩说:"我跟她说了,她硬要停在这儿。"

男人说:"这点事你都管不了,你白拿钱呀?"

说着时,那女人来了,女孩便指了女人跟男人说:"这车就是她停的。"

男人见是一个美女,满脸带笑,男人跟女人说:"这可是我的车位哟!"

女人说:"你的车不在,我不能放一下吗?"

男人说:"可以,可以,永远停在这儿都可以。"男人见女孩还站在边上,于是对女孩说:"不关你的事了,你去吧。"

女孩就走开了。

那个女人,过后还是随意停车,老把车停在别人的车位上。女孩过去跟她说,女人从来都凶女孩:"我想怎么停就怎么停,关你什么事?"

女孩被女人凶过,想哭。

也不是所有的人都对女孩这样凶,有一个男人,就对女孩特别好。这男人开车进来,总会让车慢下来,然后在车里看着女孩笑。女孩也跟在车后面,指挥男人倒车。把车倒好,男人从车里出来,仍笑着,对女孩说:"辛苦你了。"

女孩也笑,说:"不辛苦。"

男人也会说些别的话:"你真漂亮。"

女孩说:"谢谢!"

男人又说:"我还没见过像你这样漂亮的女孩。"

女孩不说话了,因为她不知道说什么。

女孩不说,男人说,男人问女孩:"你这么漂亮,怎么会来看车呢?"

女孩说:"我从乡下来,城里没有门路。"

男人说:"那你到我公司上班吗?"

女孩不知道男人说的是真的还是假的,女孩又没作声。

女孩有一天没看车,她要回乡下一趟。才走出停车场,一辆车就停在她跟前了。那个男人把头探出来,问着她说:"去哪呀?"

女孩说:"去乡下老家。"

男人说:"我捎你去?"

女孩说:"好远,有几十里。"

男人忽然笑了,男人说:"几十里也算远吗?上来吧。"

女孩就上了男人的车。

在车上也要说话,男人对女孩说:"你真的很漂亮,在我心里,你是世上最漂亮的女孩。"

女孩说:"没你说的那么好吧?"

男人说:"你到我公司来上班吗?"

女孩说:"你说的是真的吗?"

男人说:"我说的不但是真的,我告诉你,只要你愿意,我还想送你一辆车。"

女孩看男人一眼,眼里神采奕奕。

过后,女孩不再在停车场看车了。女孩去了男人的公司上班,做男人的秘书。不久,男人真的给了女孩一辆车,也是一辆红色的广本飞度。有一天,女孩就把车开进停车场了。开进去时,女孩看见另一个很土气的女孩跟着自己的车跑。明显,这土气的女孩是停车场看车的。女孩车开得快,等土气的女孩跑来时,女孩已经把车停好了。土气的女孩便摇手,对她说:"这地方不能停。"

女孩说:"停车还有规矩吗,我就停这里。"

土气的女孩说:"可是你占了别人的车位呀。"

女孩说:"我想怎么停就怎么停,关你什么事?"

说着,女孩"砰"一声关了车门,然后看也不看土气的女孩一眼,走了。

差 异

女孩已经结婚了,但在这里,还是称她为女孩合适些。女孩原本在金华工作,但因为丈夫在杭州,她便从金华调到了杭州。但调到杭州后还不到一年,丈夫却调到了宁波。宁波离杭州虽然不是太远,但做丈夫的,想天天回杭州也是不可能的,只能一个星期回来一次。两地分居,免不了相思之苦。好在现在通讯发达,见不到,通通话也是好的。通常,是丈夫打电话给女孩。接通后,丈夫总说:"这会儿闲下来,很想你。"

女孩说:"我也想你。"

丈夫说:"真想还是假想?"

女孩说:"好呀,你还怀疑我,是不是你根本就没想我?"

当然,不是每次通话都这么开头,有时候丈夫会说:"在忙什么呢?"

女孩说:"在想你呀!"

丈夫说:"我现在算是尝到了相思之苦的味道了。"

女孩说:"相思之苦是什么味道呀?"

有时候,女孩也会给丈夫打电话,女孩的开头只说两个字:"想你。"

丈夫说:"我也一样。"

两个人通话基本都这样开始,然后就无休无止地说下去。每次通话至少半小时以上,有时候,一个小时甚至两个小时,而且天天如此。女孩的母亲有时候在身边,就会看着女孩说:"怎么说这么久呀,不浪费钱吗?"

女孩通常都不介意母亲的话,但有一天,女孩在母亲说过后看着母亲。看了一会儿,女孩忽然对母亲说:"你来杭州一个多礼拜了,怎么没跟爸爸打过电话呀?"

女孩的母亲是上个礼拜从金华来杭州的,女孩一个人在杭州,做母亲的不放心,便过来料理女孩的生活。她只是到的时候给女孩的父亲打过一个电话。此后,就再没打电话了。现在,女孩一提醒,女孩的母亲也觉得有必要打个电话了。于是,等女孩打完电话,女孩的母亲打通了女孩父亲的电话。接通后,女孩的母亲说:"老张,还好吧?"

女孩的父亲说:"还好,你呢,还好吧?"

女孩的母亲说:"我还好。"

女孩的父亲说:"女儿还好吧?"

女孩的母亲说:"蛮好。"

女孩的父亲说:"好就好,还有什么事吗?"

女孩的母亲说:"没什么事。"

女孩的父亲说:"那就这样了,挂电话吧。"

女孩的母亲说:"好,挂电话。"

说完,就把电话挂了。

女孩在边上听着母亲和父亲通话,父母才说了几句,就挂了电话。女孩于是摇头,对母亲说:"怎么就说完了,多说几句呀。"

女孩的母亲说:"没什么好说的呀。"

女孩说:"你们这辈人感情怎么这么冷淡呀,真不知你们怎么过了一辈子。"

母亲笑笑,不知道说什么好。

以后一段时间,女孩的母亲隔三岔五的还会和女孩的父亲打打电话。每次,也就是那么三五句话,一个说还好吗? 一个说还好。女孩每次都会笑母亲,女孩说:"就这几句呀,也不说点别的?"

女孩的母亲说:"有什么好说的。"

女孩和她父母真的是完全不同,女孩天天和丈夫打电话,一打就是半个小时,有时候一个小时甚至两个小时。做母亲的看着女孩和女婿好,当然高兴,但嘴里仍会说:"怎么说不完呀,不浪费钱吗?"

女孩当然不会理睬母亲。

有一天,女孩的母亲没见女孩和丈夫打电话,女孩的母亲于是问女孩:"今天怎么没见你们缠缠绵绵呀?"

女孩说:"我准备和他离婚。"

母亲大吃一惊,母亲说:"昨天你们还说了半天呢,今天怎么就要离婚呢?"

女孩说:"合不来就散。"

女孩好像是认真的,真要离。女孩的母亲吓坏了,急忙打电

话把女孩的父亲招了来,然后一起劝女孩,都说:"好好的,怎么就要离呢?"

女孩说:"你们搞不懂的。"

女孩的母亲父亲一起说:"是搞不懂你们现在这些年轻人。"

玫瑰的 N 种结果

情人节这天,老刘在街上闲逛。街上到处都有人买玫瑰,他们大声对着老刘喊:"买一束玫瑰吧。"老刘觉得玫瑰是年轻人的事,他不年轻,已经 50 多岁了。为此,他在人家喊过后没一点反应。但有一个女孩,喊过后还把玫瑰伸到他跟前来,女孩说:"大叔,买一束玫瑰吧?"

老刘说:"我买玫瑰送给谁呢?"

女孩说:"送给你的情人呀!"

老刘说:"我哪有情人。"

女孩说:"那送给你的妻子。"

老刘说:"我们都老夫老妻了,还送什么玫瑰。"

女孩说:"更应该送,有了这束玫瑰,也许你们就觉得年轻了。"

老刘觉得女孩说的话有理,他想买,但想想,一个 50 多岁的人,拿一束玫瑰在街上走着,多难为情。为此,老刘还是走了。

但街上到处是卖玫瑰的人,老刘走几步,就有人喊:"买一束玫瑰吧。"又走几步,也有人喊:"买一束玫瑰吧。"再走几步,又有人喊:"买一束玫瑰吧。"老刘这时想买,但不敢行动,街上拿着玫瑰的人都是年轻人,哪怕一个年纪大一点的都没有。老刘想要是自己手里拿一束玫瑰,肯定有人惊讶地看他。为此,他不敢买玫瑰。

又一个女孩,也把玫瑰伸到他跟前,说:"大叔,买一束玫瑰吧?"

老刘说:"倒想买,但不敢买。"

女孩说:"为什么不敢买?"

老刘说:"街上拿着玫瑰的都是年轻人,如果我手里拿一束玫瑰,不让人笑话呀?"

女孩说:"这有什么,自己想做什么就做,何必在乎别人。"

他觉得女孩说的话有理,心动了。女孩看出他想买,又说:"大叔,你买一束吧,如果你有情人,就送给你的情人。如果你没有情人,就送给你的妻子,她一定会很高兴。"

老刘这回没犹豫,掏钱买了一束。

那时候是傍晚,天还没黑,一个50多岁的男人,手里捧着一束玫瑰,可以有很多种结果?

一种结果是:

很快,老刘就见到了妻子,是在路上碰到的。老刘把玫瑰递给妻子,还说:"今天是情人节,送一束玫瑰给你。"

妻子很意外,瞪他许久。说:"你这玫瑰是送给别的女人的吧?人家不要,才给我。"

另一种结果是:

老刘捧着玫瑰才走不远,妻子看见他了。妻子蹿过来一把抢过老刘手里的玫瑰,然后凶着他说:"我就知道你外面有人。"

妻子又说:"你说,那妖精是谁?"

说着,妻子把玫瑰扔在老刘脸上。

其实,上面两种结果都不是,真实的情况是:老刘捧着玫瑰在街上走时,一个朋友看见他了,朋友笑嘻嘻过来跟他打着招呼:"老刘还挺浪漫呀!"

老刘也笑一笑,不好意思的样子。

朋友又说:"真没想到,老刘外面也有情人。"

他说:"没有,没有。"

朋友说:"不要否认,我保证不在外面乱说。"

说过,朋友仍那样笑着走了。

老刘在朋友走后呆在那里,呆了一会,老刘把玫瑰扔进了垃圾桶。

"现在再不会让别人误会了。"老刘自言自语。

意 外

平和一伙朋友去旅游,在这伙朋友中,平是很受尊重的一个人。在朋友眼里,平是个大好人。平的好可以在多方面表现出来。首先,平是个很热心的人。这方面是有很多例子可举的,比如平看见一个人艰难地拖着板车上坡,平会过去推一把。这事虽然很小,但现在,这样助人一把的小事也不多见了。又比如,平看见什么人骑摩托倒在地上,也会过去帮帮人家,把人家往医院送。平有一次还把一个迷了路的老人送回了家。这老人肯定得了老年痴呆,走出来就不认识回家的路了。平足足花了一上午的时间，才把老人送到了家里。从中，我们可以看出平是多么的热心。一个不热心的人，是不会管人家这些闲事的。其次，平是个正直、正派的人。正直就是说平不是一个阳奉阴违的人，不是一个见人说人话，见鬼说鬼话的人。一件事或一个人，是好就是好，是坏就是坏，平的评价和态度十分客观。至于在单位拉帮结派溜须拍马这类事，平是绝对不做的。正派多半指的是作风。说平正派，是指平身上几乎没有什么风流韵事发生。平没离过婚，也没听说他有过情人。有些人，这方面的事很多，但平没什么状况。这样说，并不等于平没什么异性朋友。其实平的异性朋友还是蛮多的。平有几个电视台的朋友，都是播音员。播音员是什么概念，就是美女呀。平有几个朋友，总打电话让几个美女出来唱歌，但几个美女从来都拒绝。有一次平打她们的电话，她们就立即出来了。有人问几个美女，平打电话你们怎么就出来？美女说跟平出来，她们觉得安全。

　　一个能让美女觉得安全的人，当然是一个好人。为此，平赢得了朋友的尊重。

　　下面再来说说平和朋友的这次旅游。

　　平和朋友出来二日游，跟旅行社出来。一伙十几个人，有男有女。玩了一天，晚上歇息在宾馆里。住下来后，一伙人聚到一个人的房间里聊天。聊着聊着，一个人忽然说："我们每个人说个故事吧，说一个自己的情感故事。"一伙人赞同。于是就有个人说起来，说自己的初恋。这个人说完，一伙人觉得不过瘾。于是又有一个人提议："我们限定范围，说说自己的婚外情吧。"这提议又得到大家的赞同。于是一个人便讲起来，这人说他爱上了一个女人，那女人也爱他，他们很快就在一起了。但在一起后，女人又很快和他分手了。一伙人就问，女人为什么和他分手？说的人犹豫了一会,还是敞开心扉,告诉大家女的嫌他不行。这故事不精彩,但讲故事的人很真诚,毫无保留地把自己的隐私告诉了大家。为此,大家都很感动。再往下讲,大家也就放开了,有什么说什么。一个人说了他同时和两个情人好,那两个情人互相认识,弄得两个情人争风吃醋,让他很为难,最后跟两人都断了。一个人说他很悲哀,他没有真正的情人,他的情人都是花钱找来的。给了钱,情人就陪他上床。不给钱,情人就无踪无影。一个人,是个女的,她说她一结婚就对老公的弟弟有意。因为老公的弟弟长得英俊。有一天,老公不在,她挑逗老公的弟弟,结果真把老公的弟弟挑上床了。讲故事的时候,一些人会插一些话,比如那女的讲她挑逗老公的弟弟时,一个人说你这不是成了潘金莲吗?几个女的听了,就说其实女人内心深处,都想做回潘金莲。说着,众人哈哈大笑。笑过,一个人看着平说:"平老师,你说说吧,说一个你的婚外情的故事。"

一个女的接嘴,这女的叫燕子,是个很漂亮的女人,这燕子说:"平老师这么正派,肯定没有婚外情的故事。"

没想到平摇了摇头。

平随后讲了起来,平说他也有一个相好,他们是在电话里认识的,他们每天在电话里谈情说爱。平说女孩的声音很好听,像韩剧里演员的声音,他很喜欢听女孩的声音,也由此爱上了女孩。平说有一天他和女孩见了一面,在见面前,他很激动,想象着女孩一定也像韩剧里的演员一样,清纯可爱。但见面后,平很失望,女孩太胖了,完全出乎他的意外。平说他当时想走,但怕伤害女孩,他还是没走。有人插嘴,问平同女孩上床了没有。平点点头,说他开了房,和女孩在一起睡了一个晚上。平说到这里,大家一起笑。那个叫燕子的女人,笑过后还说:"没想到我们平老师也有情人呀?"

笑过,另一个人接着讲……

这晚,大家讲到十二点才散。

回到房间,同房的朋友说平不该把这个故事讲出来。朋友说在大家的心目中,平是个既正直又正派的人,大家都觉得平特别的好。朋友说你把这个故事一讲,也许会改变大家对你的看法,让大家看不起你。平听了,也有些后悔。但平解释说大家都敞开心扉,他如果有所隐瞒,就不厚道。平说着时,手机响了。平一看,就是刚才那个叫燕子的女人打来的,女人说:"我在203房,你过来一下,我有话对你说。"

平就去了燕子房里。

燕子房里只有她一个人,平见了,就问:"你跟谁住一间呢?"

燕子说:"我怕别人打扰,要了一个单间。"

平说:"这么晚了,叫我来有事吗?"

燕子说:"有事,当然有事。"

平说:"有事你说呀!"

燕子说:"没想到你也有过婚外情。"

平说:"你现在是不是很看不起我?"

燕子说:"怎么会呢?"

燕子这样说着时,忽然拥着平,然后把嘴贴在平耳朵边,悄悄地说:"你知道吗?我一直喜欢你,以前不敢告诉你,现在,我敢了。"

这种结果,不仅连平没想到,就是我们的读者,恐怕也没人想到。

我还要不要找对象

男孩跟一个女孩好,男孩对女孩挺满意的,但把女孩带给母亲看时,母亲却没看中女孩,母亲过后明确表态:"我不同意。"

男孩说:"为什么?"

母亲说:"女孩鼻子塌了。"

男孩说:"不会呀。"

母亲说:"你被爱情冲昏了头,你哪里看得出对方的缺点。"

在男孩家里,母亲是绝对的权威,母亲不同意,没戏了。

不久,男孩又跟一个女孩好。男孩对女孩也满意,但把女孩带给母亲看时,母亲仍没看中女孩,母亲过后明确表态:"我不同意。"

男孩说:"为什么?"

母亲说:"女孩眼睛小了。"

男孩说:"不会呀。"

母亲说:"我不会看错,她眼睛就是小了。"

母亲不同意,男孩只好作罢。

男孩是富豪之家,在那座城市,没多少人家会比男孩家里有钱。也正因为这样,男孩要找女朋友相当容易。不久,男孩又跟一个女孩好上了,男孩这回更满意,觉得女孩几乎完美无缺。但把女孩带给母亲看时,母亲还是摇头,母亲当面不说,但过后仍说:"我不同意。"

男孩说:"我看你这回说得出什么理由。"

母亲说:"女孩皮肤稍微黄了一点。"

男孩说:"不会呀,我觉得挺白的。"

母亲说:"看起来是白,但总觉得白得不那么纯正。"

男孩说:"你也太挑剔了吧?"

母亲说:"像我们这种人家,不挑剔一点行吗?"

男孩在母亲跟前总是理屈词穷,男孩只能作罢。

男孩后来还找了几个女孩,但一一被母亲否定了。一个女孩,母亲说她嘴阔了些。又一个女孩,母亲说她背有点驼。还有一个女孩,母亲说她走相不好看。男孩在这几个女孩被一一否定后,心有不甘,男孩说:"你怎么像选妃子一样。"

母亲说:"我们这种人家,找个对象差不多就是选妃子。"

男孩不服,但又无可奈何。

这天,男孩又带了一个女孩回来。这女孩叫青,青是个标准的美女,鼻子挺挺的,皮肤白白的,身材高挑,走相优雅。应该说,青几乎十全十美。男孩的母亲对青也还满意,破天荒没提反对意见。

男孩总算找到女朋友了。

时间一晃就过去了一年,这一年过去,男孩和青就到了谈婚论嫁的地步。也就是说,青完全被认可了,男孩的母亲要给他们筹备婚事了。

这天,男孩约了青到家里来,但左等右等,青也没来。后来,青来了电话了,青告诉男孩,她三婆过世了,她来不了。

男孩的母亲也在边上,在男孩接过电话后,母亲问:"青家里什么人过世了?"

男孩说:"她三婆。"

母亲说:"她三婆是她什么人?"

男孩说:"就是青外婆的妹妹。"

母亲没说什么。

但几天后,母亲突然对男孩说:"你不能再跟青好了。"

男孩很吃惊,问:"为什么?"

母亲说:"我打听清楚了,青的三婆是得乳腺癌去世的。"

男孩说:"这跟青有什么关系?"

母亲说:"怎么没关系,青的三婆跟青是有血缘的,她三婆得了乳腺癌,癌可能会遗传,这就是说,她三婆得了这个病,以后青得这个病的概率要比别人大得多,你知道吗?"

男孩很生气了,男孩说:"你是不是太牵强了?"

母亲说:"不要说了,我说不行就不行。"

男孩岂止是生气,简直是愤怒了,男孩一脚踢翻一张凳子,然后大声说:"这样下去,我还要不要找对象呀!"

爱情发夹

一个女孩头上戴着一枚好看的发夹,一枚柳叶型的,淡绿色的发夹。他女朋友看见这枚发夹,眼睛都亮了,女朋友说:"我一直都想买这样一枚发夹。"

他说:"去买呀。"

女朋友说:"去了,没有卖。"

他说:"怎么会没有卖呢,我们再去看看。"

随后他们去了,真没有卖。

他不相信他买不到一枚小小的发夹,在以后的几天里,他跑了很多商店,但就是买不到那枚发夹。他们抚州离南昌不远,他甚至去了南昌,一家一家商店跑,但最终,他还是失望而回。

这后来的一天,他忽然又看到那枚发夹了,还是戴在一个女孩头上,或许,就是上次他和女朋友看到的那个女孩。他随后跟着女孩,盯着看。女孩后来一回头,他在女孩回头时忽然发现,他认识女孩。不仅认识,还很熟。女孩其实也发现有人跟着她,回头看见是他,女孩笑了,还说:"你在跟着我?"

他说:"你头上的发夹很好看。"

女孩说:"谢谢!"

他说:"我女朋友就很想买到这样一枚发夹。"

女孩说:"去买呀。"

他说:"去了,买不到。"

女孩说:"我们抚州这么大,还买不到这样一枚发夹?"

他说:"买不到,不仅我们抚州,就是南昌也买不到。我去了南昌,一家一家商店跑,就是没买到。"

女孩说:"你专程去南昌,就为了帮你女朋友买一枚发夹?"

他点头。

女孩说:"你对你女朋友真好。"

他后来还见过女孩好多次,每次,他都跟女孩说:"你头上的发夹很好看。"

他又说:"我女朋友就想买到这样一枚发夹。"

他还说:"我到处买,都买不到,就是南昌,也没有卖,我一家一家商店跑,都没买到。"

这几句话说过,他跟女孩说:"把这枚发夹卖给我,可以吗?"

女孩每次都摇头。

但有一次,他才见到女孩,女孩就过来对他说:"我可以把这枚发夹给你。"女孩这天没把发夹戴在头上,而是拿在手里。女孩说过,把发夹递给他。

他没接,只看着女孩说:"为什么改主意了?"

女孩木木地看他一眼,对他说:"现在我不需要它了。"

他忽然就看出女孩神色不对,他问女孩:"为什么?"

女孩说:"以前,我男朋友总说我戴着这枚发夹好看,我戴着是为了给他看,但现在,我们分手了,我还戴给谁看呢?"

他挺意外的,不知道说什么好。

女孩便把发夹塞给他,然后说:"你女朋友喜欢这枚发夹,你就千方百计想买给她,抚州买不到,就去南昌买,我把这枚发夹给你,你女朋友一定会很高兴。"

女孩又说:"我真羡慕你女朋友,觉得她非常幸福。"

女孩还说:"可是,为什么没人对我这么好呢?"

女孩说着,眨一眨眼,落泪了。

他看见女孩落泪,眼里也湿了,他说:"一定会有人对你好的。"

女孩说:"没有,我男朋友都跟我分手了,谁还会对我好呢?"

他一时又不好说什么,呆了一会,他忽然对女孩说:"可不可以让我给你戴上这枚发夹呀?"

女孩说:"我不明白你的意思。"

他说:"你把这枚发夹送给我了,这发夹就是我的了,现在,我想把发夹送给你。"

女孩说:"有意义吗?"

他说:"有,我想让你知道有人对你好。"

女孩不说话,站在那里。

他走近一点,把发夹戴在女孩头上。

有一天,见着女朋友时,他有些不好意思的样子,他说:"总想跟你买到那枚发夹,可是一直买不到。"

女朋友说:"你还记得呀。"

他说:"跟你买别的,你喜欢吗?"

女朋友说:"你买的,我都喜欢。"

青苹果

他们是一对恋人,手拉着手走在街上。街边有一个水果摊,当中有一堆青苹果,青青脆脆十分好看。

她看上了青苹果,拉着他走近水果摊,还对他说:"买青苹果吧。"

他说:"青苹果,不好吃吧,别买。"

她说:"不嘛,我要买。"

于是他就买了两斤青苹果。

买了苹果,他们又手拉着手离开了水果摊。苹果是他提着,但没提多久,他把苹果伸到她眼前,跟她说:"你提吧。"

她说:"不嘛,你提。"

他说:"还是你提。"

她说:"你提。"

他坚持说:"你提嘛,是你要买的苹果。"

她说:"我买的苹果你就不可以提吗?"

他很固执,他说:"你提不提,你不提我放地上了。"

她说:"不提。"

他真要把苹果往地上放的样子,但他没放下去,他说:"你提不提,不提我放下了。"

她说:"不提,不提,就不提。"

他真把苹果放地上了,他说:"看你提不提。"

她还是那句话:"不提。"

他说:"你不提,我也不提。"

他们走开了,街上有人看着他们,知道是两个年轻人开玩笑。

他们确实是开玩笑,他回头看着苹果,对她说:"你赶快回去提。"

她也回头看着苹果,也说:"你回去提。"

他说:"我不回去。"

她说:"真不回去?"

他说:"真不回去。"

她就甩开他的手,但她没回去提苹果,而是往另一条路走,她说:"我走这边,再见。"

他说:"你真不要苹果呀?"

她说:"不要。"

他说:"你不要我也不要。"

她说:"随你。"

她说着,走远了。

他有些生气了,也没回去拿苹果。随后,在回家的路上,他一直都在生气。她怎么可以这样,一点都不懂得迁就人。他想。

现在就这样不迁就人,以后结了婚,她还会体贴人吗？他又想。

看来我们不合适。他还想。

现在觉得不合适还来得及,以后结了婚,就来不及了。他接着想。

还是趁早分手好一些。他继续想。

想着时,他到家门口了。但他没进去,他拿出手机,要打电话见她。但还没拨号,手机响了,是她打来的,她说:"我们见面吧,我有话要说。"

他说:"好吧,我们见面。"

很快,俩人见面了。

俩人都有话要说,但他懂得女士优先,他说:"你先说吧。"

她便说起来。

她说:"我们分手吧。"

她说:"我觉得你一点都不懂得体贴人。"

她说:"现在你都不会体贴人,以后结了婚,你还会体贴我吗？"

她说:"看来我们不合适。"

她说:"现在觉得不合适还来得及,以后结了婚,就来不及了。"

她说:"所以,我们还是分手好。"

说着,她走了。

她走了就再也没回来。

他们就这样分手了。

传呼爱情

女孩大了,就有人帮她介绍对象。一天,一个人对女孩说我跟你介绍个男孩吧,又说男孩长得非常好,个子很高,文质彬彬的样子,单位也好。还说这是他的呼机号码,你如果愿意,自己跟他联系吧。女孩说我其实还不想找,但你把他说得那么好,我倒想见见。

过后,女孩打了男孩的传呼。

那时候男孩在街上,接到传呼后忙找电话。不一会就看见了一个电话亭,但电话边站了好几个人。男孩不愿等,往前走。走了大约好几百米,又看见一个电话亭,但不巧,这里的电话坏了。男孩继续往前走,也走了好远,再看见了电话。这电话没坏,等打电话的人也不多,但一个人占着电话一直在打,男孩站了一会,还是走了。

男孩这天好像运气不好,找了好几个电话亭,但那些电话不是打的人太多,就是坏了,要不就有人在没完没了地打。其间,男孩的传呼又响了一次,还是那个号码。男孩就很急了,跑着在街上找电话亭。

不久,男孩又看见了一个电话亭,电话边站了个女孩。男孩走近电话,也站下来。站了一会,男孩看见女孩没打电话,便说,你打电话吗?女孩说我在等传呼。男孩听说等传呼,只好站边上等。女孩看见他站着,明白了。女孩说,你想打电话,是吗?男孩点点头。女孩说,你打呀。男孩说,我还是等一会吧,要是我打电话时,你传呼来了呢。女孩说,不要紧,哪有那么巧。男孩说,那我就不客气了,我其实也是回一个传呼。男孩说着,从身上拿出传呼来,看着上面的号码拨电话。但拨通后电话里说对方正在通话,请稍后再拨。男孩于是放下电话。女孩见了,便说,怎么没打通?男孩说,对方正在通话。女孩说,那等一下再拨。男孩点点头,在边上等。女孩要等传呼,也在边上等,但等了一会,女孩的传呼还是没来。男孩见了,就说,你再呼一下吧。女孩说,我已呼了两次了,也没什么急事,还是你先打电话吧。男孩说,那我再耽搁你一会。说着,又打起电话来,但结果和刚才一模一样。男孩只好放下电话。女孩见了,又说还是没打通。男孩仍点头,还说,也许打我传呼的人肯定因我没及时回,现在正不停地呼我,所以我打不进去。女孩说,你怎么不及时回呢。男孩说,我已经跑了六七个电话亭,已经从城南跑到城北。可这一路上的电话不是坏了,就是打电话的人太多,急死我了。女孩问,回一个传呼跑了这么远?男孩点头。女孩说,什么人打的传呼?这么重要,让你跑这么远的路。男孩说我也不知道,这号码没见过,不过人家已呼了我两次了,我还没回过去,对方如果有事,肯定急了。女孩说,你再回吧,说不定这次能打通。男孩又打起来,但奇怪,电话里还是刚才那句话。男孩只好又放下电话,并不好意思地说,我的电话又打不通,还耽搁了你,说不定在我打电话时,你传呼刚好来了，因为我占了线而打不进来，我不打了，等你的传呼回了我再打。女孩说，我不想等了，我已等了好久，看样子他不会回了。男孩说，再等一下吧，如果你刚走，电话就来了，那就错过了。女孩说，那就再等一下吧。在女孩等待时，男孩也没去回传呼，只陪在边上等。等待时，一个老人走了来，老人很老了，手里拿着一张小纸条。在电话边老人哆哆嗦嗦拿下电话筒，要打，但老人显然打不出去，因为老人手里没有卡。男孩见了，就说，老大爷你要打电话吗？老人点点头。男孩说，我帮你打吧。男孩说着，插了卡，按老人纸上的号码拨了过去，接通后把电话给了老人，老人就对着电话说起来。男孩女孩在边上，听到了老人说话，知道老人来走亲戚，还知道老人亲戚住在哪里。等老人放下电话后，女孩说，大爷，你找得到吗？要不我带你去吧。男孩说，你还要等传呼，还是我带他去吧。女孩说，我不等了，如果他会回，早回了，现在还不回，人家就不会回了。男孩说，说不定他也像我一样在到处找电话呢，还是我送吧。这时，一辆蹬士骑了过来。女孩见了，便说，我们还是让蹬士送吧，他们比我们还熟。男孩说，这样更好。说着招手让蹬士停下，然后把老人扶上去，还跟骑蹬士的说了老人去哪。女孩在边上也没闲着，她掏出两块钱帮老人付了车费。老人很感动，跟他们说，城里人真好，你们是一对吧。俩人没作声，但有些脸红。等老人走了，女孩说，你是个很热心的人。男孩说，你也一样。女孩说，我好像以前没这么热心，看见你这样做，我也感染了。男孩说，你别谦虚，我看得出你是个热情的人。哎，你的传呼怎么还没来，你再呼一下吧。女孩说，算了，我现在不想呼了，还是你去回传呼吧，对方不会总占线。男孩点点头，又去打电话。但今天出怪事了，电话里还是说对方正在通话，请稍后再拨。

男孩放下电话,对女孩说,老打不通,不打了。女孩说,有这样的怪事,我跟你拨。说着,拿过男孩的传呼,看起来,但才看完,女孩忽然大笑起来。男孩不知出了什么差错,看着女孩说怎么啦。女孩说,你在这里拨,永远拨不通。男孩说,为什么?女孩说,我不告诉你,你去别的电话亭打吧,一定打得通。男孩问,为什么,你说为什么?女孩说,我不告诉你,我就不告诉你,你去别的电话亭拨吧,保证拨得通。男孩有些不想走,还站着。但女孩硬让他走,甚至推了推他。男孩就走了,但才走了几步,男孩又回过头说,我想知道你叫什么,可以告诉我吗?女孩说,你为什么想知道我叫什么?男孩说,我觉得我们蛮投机,想同你交个朋友。女孩说,我不告诉你,你去吧。男孩脸有些红,悻悻而去。女孩在男孩走远了些,又大声喊起来,女孩说,你一定要回传呼,听见了吗?

在女孩的声音里,男孩走远了。

女孩没走,在电话边等,等了一会儿,电话响了。女孩拿起话筒,开口说:我没说错吧,这回你打通了。

男孩:你是谁?

女孩:你才走开,就不知道我是谁了。

男孩:你是刚才那女孩?

女孩:就是。

男孩:我的传呼是你打的?

女孩:就是。

男孩:你呼我有事吗?

女孩:你不是想知道我叫什么吗?

男孩:可是,我刚才在那里怎么就回不了传呼呢?

女孩:你傻不傻,我就在那电话上打的传呼,你怎么回?

浪漫玫瑰

情人节这天,苏云很自卑。和苏云一样自卑的,还有小紫。两个女孩前年没收到玫瑰,去年也没收到玫瑰。在今年这个依然没有情人的情人节,她们知道,幸福的玫瑰只会在别人手里盛开着。

中午的时候,小紫给苏云发了一条短信说:情人节快乐!此刻,你是不是手捧着玫瑰和你的情人在街上浪漫呀?

苏云回复:对我而言,这种浪漫只在我梦里出现过。

这条短信才发过去,小紫忽然把电话打了过来。小紫说,我们上街吧,去感受情人节的气氛。苏云说,我才不去呢,满街都是手捧玫瑰的人,我们两手空空,难不难受呀?小紫没有放弃,她又说,那我们去卖玫瑰吧,我们收不到玫瑰,却可以亲手把一枝枝玫瑰交给那些需要玫瑰的人。苏云听了,就动心了。她立即和小紫见面了,两个人手里都提着一只大红的塑料桶。在一家花店,她们让塑料桶里放满了玫瑰。

然后,她们就找了一个热闹的地方站下来,卖玫瑰。

有两年的情人节了,苏云和小紫都不敢上街。但今天,她们上街了,在街上卖玫瑰。在街上,她们看见满街都是手捧玫瑰的人,这些玫瑰火一样,星星点点在街上燃烧。也有些人手里还没有玫瑰,这些人就会到她们这里来买。买了,也捧在手里。看见别人从自己手里捧走玫瑰,苏云和小紫特别高兴,觉得是自己把那一束一束的火给了别人。

后来,苏云就看见了一个男孩。这男孩从她眼前走过去,又走过来。苏云是个很细心的人,见男孩这样徘徊着,就对小紫说:"这男孩是不是想买玫瑰呀,我看见他一直在我们眼前徘徊。"

小紫胆大,小紫等男孩走过来时问:"你是不是想买玫瑰呀?"

男孩就站在她们眼前,男孩说:"当然想买,可是,我不敢送给她。"

苏云就问道:"为什么呀?"

男孩说:"我喜欢她很久了,可一直没告诉她,这样的关系,我怎么好送她玫瑰呢?"

"怎么不可以送,你正好送玫瑰给她表明心意。"苏云说。

男孩说:"要是贸然把玫瑰送给她,她会不会骂我呢?"

"她决不会骂你的。"小紫说。

"为什么呀?"男孩问。

"我们是女孩子,我们知道,有人给我们送玫瑰,我们只会高兴。"苏云和小紫这回一起说。

男孩看看苏云,又看看小紫,然后买了一束玫瑰。

看着男孩捧着玫瑰走去,苏云和小紫又一起喊了一句:"勇敢地把玫瑰送给她,祝你成功!"

让苏云和小紫没想到的是,她们在傍晚时分,又看到这个男孩了。这时候,男孩再不是一个人了,她身边,走着一个女孩。女孩手里捧着玫瑰,一脸幸福的样子。见苏云和小紫还在这儿卖玫瑰,男孩停了下来,对苏云和小紫说:"还记得我吗?"

苏云和小紫异口同声地说:"记得,你下午在我们这儿买了玫瑰。"

男孩笑笑,然后跟他身边手捧玫瑰的女孩说:"不是这两个女孩鼓励,我还不敢送你玫瑰哩。"

女孩笑着和苏云小紫点了点头。

男孩随后掏出钱来,说:"我还要买两枝玫瑰。"

苏云和小紫接过钱,把两枝玫瑰递给了男孩。

男孩接过玫瑰后,却把玫瑰递了回来。也就是说,他把两枝玫瑰分别递给了苏云和小紫,然后男孩说:"我也送你们两枝玫瑰吧,表达我对你们的谢意。"

苏云和小紫互相看了看,接了过来。

在这个情人节,苏云和小紫也收到玫瑰了。虽然,这不是情人送给她们的,但苏云和小紫同样高兴。

第四辑

带刺玫瑰

领导来电

他新认识了一个领导,领导叫张军,是一个单位的书记。这张书记跟他很谈得来,分手时,张书记说:"我们留下号码吧,以后多联系。"

他说:"好。"

过后,张书记真的联系他了,打他的手机,他一看手机里张书记三个字,就说:"张书记,您好!"

张书记说:"您好!"说过后,张书记又说:"我还没说话,你怎么就知道是我打的电话?"

他说:"我手机里存了你的号码呀。"

张书记再打他手机时,他仍说:"张书记,您好!"

张书记说:"您好!"

以后,他们每次打电话,都这样开始,他说:"张书记,您好!"

张书记说:"您好!"

这天,张书记的手机没电,便拿别人的手机跟他打电话,通了后,他问:"哪位?"

手机里说:"我是张军。"

他说:"你是张书记,不对吧。"

手机里说:"我就是张军。"

他说:"你不是张书记。"

手机里说:"我是。"

他说:"你不是。"

说着,他挂了。

张书记找他有事,又打通了他的手机,这回他说:"你怎么又打过来?"

张书记说:"我是张军,张书记呀。"

他说:"谁信哩。"

说着,他又挂了。

张书记真的有事要问他,仍打了过去。这回一接通,他就凶着说:"你到底是谁,怎么老打我的电话?"

没容对方说话,他又挂了。

张书记不再打了,但去换了块电板,用自己的手机打了过去。这回一接通,就听到他说:"张书记,您好!"

他又说:"刚才有个人说是你,连着打了我几次电话。"

他还说:"现在的骗子多,我才不相信他呢。"

张书记说:"那现在我是不是骗子呢?"

他说:"张书记真幽默。"

这后来的一天,张书记的手机掉了。

一个骗子捡到了手机,骗子一捡到手机,就打了他的电话。他像往常一样,一接通,还没等对方说话,就说:"张书记,您好!"

手机里说:"知道我是张书记呀?"

他说:"肯定知道呀。"

手机里说:"知道我是张书记就好,我现在有个事要跟你说,我正在办一件事,要两万块钱,身上刚好没带,你先打给我吧。"

他说:"张书记的指示我一定照办。"

手机里说:"我马上把账号发到你手机里。"

他说:"好。"

半分钟后，他看到了短信。

半小时后，他把钱按账号打了过去。

毫无疑问，他被骗了。

你居然还敢来

有一段时间，领导觉得心慌气短。领导去看了医生，但查不出什么毛病。医生说领导太胖了，导致心脏负担过重。为此，医生建议领导多加强锻炼，比如骑自行车、游泳或做一些体力劳动，让自己瘦下来，从而减轻心脏的负担。

领导按医生的要求，买了一辆自行车。一有空，就骑车出去。这天，领导骑了大半天，到了一条水渠上。水渠里有一个女人在洗衣裳，领导骑累了，在那儿坐下来。开始的时候，女人并没跟领导说话，只左一眼右一眼地看着领导。后来，女人见领导没走，就开口说："你是个当官的吧？"

领导不想让人知道他是领导，领导说："不是。"

女人说："你就是当官的。"

领导说："你怎么认定我是当官的？"

女人说："你看看你，又白又胖，平头百姓，哪会像你这个样子。"

领导笑笑，没作声。

女人走后，来了几个洗澡的男人，他们见了领导，也说："你是个当官的吧？"

领导说:"不是。"

他们说:"你就是当官的。"

领导仍说:"你怎么认定我是当官的?"

他们说:"你看看你,又白又胖,平头百姓,哪会像你这个样子。"

洗澡的几个人中,有一个喜欢游泳。这人不停地在渠里游着,还跟领导说:"你也下来游吧,在水里很舒服。"

领导犹豫了一下,下水游了起来。

第二天,领导又来了。本来这天领导要上班,但领导决定休公休假。领导先去单位安排了一下工作,又骑车来了。

正是双抢季节,领导看见田里到处都是人,有人割禾,也有人耕田。领导想起医生跟他说过,做一些体力劳动也可以让自己瘦下来。割禾和耕田当然是体力劳动,领导当即走到一个割禾的农民跟前,跟人家说:"我帮你割禾吧?"

农民说:"你哪行?"

领导说:"行,我是农民出身。"

说过,领导拿起镰刀,割起来。

这天,领导一整天都在那儿。帮人家割禾,踩打谷机,也下到水田里,帮人家耕田。到中午了,就在农民家里吃饭。吃了饭,又帮人家做事。到傍晚,领导又跟一群农民跳进水渠里。

领导公休假休了将近半个月。这半个月,领导几乎天天到那儿去,也天天帮人家做事。这些事很杂,除了割禾、耕田、栽禾以外,还帮农民摘西瓜、搬西瓜、摘辣椒,甚至浇水施肥等,什么都做。累了,就跳到水渠里洗澡。这样过了半个月,领导瘦了一大圈。不仅瘦,还黑。那儿的农民,到后来都认识领导了,他们跟领导说:"你现在不像当官的了。"

领导笑笑说:"那好,这证明我在你们这儿劳动有了效果。"

这半个月里,领导没去过一次单位,但跟单位的联系,当然没断。领导要交代什么事,会打电话过去。单位有什么事,也会打电话过来请示。这期间,单位还跟领导报告了两个不好的消息。一次是领导休公休假一个礼拜后,单位的人忽然打电话来,他们问领导:"张局长,你昨晚回过办公室吗?"

领导说:"没有。"

单位的人说:"那你办公室进贼了,你桌上的液晶显示屏不见了。"

领导说:"这贼也太胆大了,政府机关也敢偷。"

几天后,单位的人又打来一次电话,他们也问领导:"张局长,我们早上来上班,看到你办公室的门又开了,你昨晚没来过吧?"

领导这回直接问:"又偷了什么东西?"

电话里说:"你桌上的主机不见了。"

领导又说:"这贼也太嚣张了。"

半个月后,领导休完公休假,要上班了。上班这天,领导早早去了。但开了办公室的门后,忽然进来了几个人。这几个人都是领导的下属,但领导现在变得乌皮黑瘦,几个人居然没认出领导来,他们看见领导后一拥而上,捉住了领导。

领导很意外,领导说:"做什么,你们做什么?"

几个人一起说:"你居然还敢来,真是贼胆包天,我们终于捉到你了。"

毫无疑义,领导被人当贼抓了。

脱　光

马路边上是一条堤,领导知道堤那边是河。天很热,领导忽然想去河里游泳。于是领导便把车停在路边,然后翻过河堤到了河边。河边没有一个人,领导于是脱光了下到水里。游了一会,领导看见一个农民牵了一头牛来。显然,这人到河边来放牛。放牛的人戴一顶发黑的草帽,身上的衣服不仅邋遢,还破破烂烂。但很快,放牛的人脱了破破烂烂的衣服,也像领导一样脱光了下到水里。领导见放牛的人也下水了,便笑笑,还开口对放牛的人说:"这水很清。"

放牛的人不知是没听到还是没听清楚,他没看领导,也没理睬领导。

领导声音就大了些,仍说:"这水很清。"

放牛的人仍没理睬他。

领导就有些不高兴了,这回他问放牛的人:"放牛呀?"

放牛的人还是没理领导。

领导这回真生气了,他说:"跟你说话你怎么不回一句?"

放牛的人依然没作声。

领导便断定放牛的人是个哑巴,领导说:"原来是个哑巴。"

放牛的人这回说话了,他说:"你才是哑巴。"

放牛的人说话时,还是没看领导,那神态,明显不把领导放在眼里或者说对领导很不屑。领导真的很不舒服或者说被放牛的

人激怒了,领导说:"不就是个放牛的吗?还以为自己多了不起?"

放牛的人终于看领导了,但眼里还是很不屑的样子,放牛的人说:"那你又有什么了不起?"

领导说:"我至少不是放牛的。"

放牛的人说:"你当然不是放牛的,但看你样子恐怕连我们放牛的都不如。"

领导就冷笑一声,说:"我不如你,你知道我是做什么的?"

放牛的人说:"你做什么关我卵事。"

说着,放牛的人转过身来,不理他了。

领导从来没让人这么怠慢过,一直以来,他走到哪里,别人都对他客客气气、笑脸相迎甚至毕恭毕敬。他没想到,在乡下,一个穿得邋里邋遢、破破烂烂的身份低得不能再低的放牛的人,却对他不屑一顾。领导气愤不过,他在放牛的人转过身后,又大声说:"混得在乡下放牛,还以为自己了不起,我都为你脸红。"

放牛的人也生气了,转过身来说:"我知道你是做什么的了。"

领导说:"你说我是做什么的?"

放牛的人说:"一个疯子。"

领导气得脸发白,领导说:"我是疯子,我堂堂正正一个正县级领导干部会是疯子?"

放牛的人说:"你干脆说你是国务院总理多好。"

领导说:"我就是正县级干部。"

放牛的人说:"鬼才相信!"

领导说:"你不相信,那我告诉你我是谁,我是李文明县长。"

放牛的人说:"你是李文明县长,县长怎么会到我们这里来游泳？"

领导说："天太热，我想到哪里游泳，都可以。我一个县长都没看不起你，主动跟你说话，你一个放牛的农民，却对我不屑一顾，真是莫名其妙。"

领导这话也让放牛的不高兴了，放牛的人说："县长又怎么样，脱光了，不也跟我一样的嘛。"

领导这时才明白放牛的为什么看不起他，原来他脱光了，就跟放牛的一样了。明白了这点，领导赶紧爬上岸来穿衣服。领导从衣服到皮带到鞋子都是名牌，他要穿给放牛的看看。但穿好时，领导发现放牛的人已经游远了。

领导就喊："你再看看？"

放牛的头也不回。

粗　心

桌上已经坐了八、九个人了，但主席位上还空着。营业员已经问过好几遍了，问上不上菜。陪席上坐着的人说再等一等吧，领导还没来。桌上有男有女，他们有的说着话，有的看电视，都在等着领导，很耐心的样子。

终于，领导来了。领导笑着说不好意思，让大家等久了，然后跟大家一一握手。握过手后，领导才在主席位上坐下。已经有菜端了上来，领导一声令下："开始吧。"

一桌的人拿起了筷子。

服务员又端上一道菜,是清蒸鲫鱼。菜是从陪席边上端上桌的,陪席的人知道领导喜欢吃鲫鱼,忙把鱼往领导跟前转。很快,鱼转到领导跟前了,陪席的人说:"张书记吃鱼。"

领导果然喜欢吃鱼,见鱼转了过来,立即把筷子伸了进去。

一桌的人都在吃喝,没怎么注意领导,但随着领导一声重咳,一桌的人都看着领导了。大家看到领导面红耳赤,不停地咳。

大家明白了,领导让鱼骨卡了喉咙。

的确,领导被鱼骨卡了喉咙,他很想把鱼骨从喉咙里咳出来,于是一声一声重重地咳着,脸憋得通红,样子十分狼狈。

桌上的人,停止了吃喝,都看着领导,关切的样子,一个人还出主意:"张书记,你喝点醋吧,醋可以软化骨头。"

这话才说完,一个人就大声喊道:"服务员,拿醋来。"

旋即,服务员端了醋来,放在领导跟前。

领导这时卡得难过,见了醋,端起就喝。但喝过后,作用并不明显,领导觉得鱼骨头还在喉咙里。领导于是又咳,一声又一声,脸憋得更红。

一个人又说:"张书记你吞些饭吧,我有一次卡了鱼骨头,吞了几团饭,就把鱼骨吞了进去。"

这话也是刚说完,一个人又喊:"服务员端饭来。"

服务员立即端了饭来。

领导便吞饭,把一团团饭往肚子里吞。这回好像有些效果,领导吞了几团饭后,再吞吞喉咙,觉得喉咙舒服多了。

一桌人看见领导不咳了,轻松起来。

领导现在再不吃鱼了,领导把鱼转开来,吃别的菜。

鱼这时转到陪席的人跟前了,陪席的人是领导的秘书,在刚才领导被鱼骨卡了时,他很着急。但再急也没有用,他一点忙也帮不上，他不可能把手塞进领导嘴里，帮领导把鱼骨抠出来。看着领导狼狈的样子，他只有干着急。现在，秘书看着鱼，有想法了，这想法就是也让鱼骨卡一回，为领导挽回一点面子。这样想着，陪席夹起了一块鱼，然后放进了嘴里。

随即，秘书也咳了起来，重重地咳。

一桌的人又看着秘书，一个人还说："李秘书，你也让鱼骨卡了？"

秘书点点头，又咳起来。

一个人说："还有醋吗，李秘书，你赶快喝醋。"

另一个人说："吞饭也可以。"

秘书点头，又是喝醋，又是吞饭。

但没完，坐在领导边上一个人，在吃了一块鱼后，也咳起来。这人咳了两声后，急急忙忙喊着服务员说："服务员，快端些醋来。"

一伙人又看着这个人，知道他也被卡了喉咙。

桌上一个女的，她看了看大家，然后说："你们男人呀，就是粗心。"

改　行

有一个张总，开了一家苗木绿化公司。他用十万块钱贿赂了文化局的领导，文化局的绿化业务便被他接了下来。他又用十五万块钱贿赂了水利局的领导，水利局的绿化业务也被他接了下

来。他还用二十万块钱贿赂了公路局的领导,公路局便把一条景观路的绿化业务给了他。

这个张总虽然花了些钱,十万二十万,但接下了上百万甚至几百万的业务,他当然有利可图。

在那座城市,做园林绿化的不止张总一个人,有一个李总,也开了一家苗木绿化公司。同样,他要接到业务,也得贿赂。他用十万块钱贿赂了体育局的领导,体育局的绿化业务便被他接了下来。他又用十五万块钱贿赂了审计局的领导,审计局的绿化业务也被他接了下来。他还用二十万块钱贿赂了建设局的领导,建设局新铺的一条街的绿化业务便给了他。

这个李总虽然花了些钱,十万二十万,但接下了上百万甚至几百万的业务,谁都知道有利可图。

园林绿化其实是一件美好的事业,一块灰头土脸的地方,树一栽、草一铺、花一种,立即春意盎然,春光无限了。

但大家只知道外在的美,不知道这美好里也有见不得阳光的东西。

当然,这些见不得阳光的东西总有一天会曝光。

那个文化局的领导,有一天出事了。在里面,他交代了张总曾经给过他十万块。毫无疑问,张总也进去了。在里面,张总牢记"坦白从宽,抗拒从严"的原则,交代了他行贿文化局领导的过程。还交代了他用十五万元行贿水利局领导,用二十万行贿公路局领导等等贿赂案。结果不言而喻,水利局的领导和公路局的领导都被牵连,先后进去了。

无独有偶,那个也做园林绿化的李总,有一天也出事了。他是被体育局的领导牵连出来的。那个体育局的领导出事了,在里面交代了李总曾经给过他十万块钱。这一句话,便让李总进去了。但在里面,李总对这事一口否认,李总说:"没有的事,根本就没有的事。"

办案的人说:"不要否认,当事人都交代了。"

李总说:"当事人难道就不会记错了吗,我绝对没送钱给他。"

办案人说:"你老实点,坦白从宽,抗拒从严,你不知道吗?"

李总说:"我怎么不知道,我从小就会背这句话。"

办案人说:"那你还不坦白?"

李总说:"我怎么坦白呀,根本没有的事,我总不能为了坦白而编故事吧。"

询问无法进行了。

李总在里面待了好久时间,但他一直否认给体育局领导贿赂过钱。至于给审计局和建设局的领导贿赂的事,他更不可能会交代。李总不交代,就没证据,没证据就得放人。大概一个月后或两个月后,李总出来了。

那个张总呢,后来也出来了,但他是被判了刑出来的。他贿赂了领导,有证有据。他被判有期徒刑三年。后来,因身体的原因,他被保外就医。

两个人出来后,在外面的待遇就天差地别了,李总当然还开他的苗木公司,生意好得不得了。很多人都愿意跟他做业务,甚至有人找上门来。有一个人不解,说一个人出事进去了,出来后怎么业务会更红火呢?一个人解释给他听,这人说:"李总嘴紧,跟这样的人合作让人放心。"

那个张总出来后也继续开他的苗木公司,但情况就十分糟糕。没人跟他做生意,他苗木公司整天门可罗雀。有那么些日子,张总十分卖力,到处去接业务,但人家见了他,非常冷淡,有些

人甚至手都不愿跟他握。

　　毫无疑问，张总的苗木公司开不下去了。

　　开不下去就得改行，张总后来改行养猪了。

　　那些猪不会嫌弃他，见他提了食来，嗷嗷地叫着向他扑来……

狗

　　一个乡建了一个移动基站，花了几十万。钱是农民摊派的，乡里其他的村都交了钱，只有小杨村没交。这天，乡里一个领导去了小杨村，要把钱收上来。小杨村的村主任和村里几个干部见了领导，嬉皮笑脸的，但就是不把钱交出来。领导脸色不好看了，对村主任说，就你们村没交，你这个村主任不想当了呀。村主任就点点头，跟领导说我还真不想当。领导说别人都抢着想当，你居然不想当，为什么？村主任说，这个村主任难当呀，村里穷，而上面名名堂堂要收的钱又太多了。领导听了，生气了，凶着村主任说，你说话注意点，什么名名堂堂要收的钱太多，这些收费哪一样不是为群众办好事，乡里集资建了一个移动基站，难道不要吗？村主任说，建基站倒是好事，但我们村穷，拿不出钱来。领导说拿不出也要拿，现在是信息社会，如果我们乡里手机都打不通，群众怎么致富。村主任说，拿不出也要拿，这不是硬性摊派嘛，中央有文件，不能向农民乱摊乱派。领导这回很生气，瞪着村主任说，中央说了，那叫中央把你们村划上去直管呀，这样，我就不收你们村

的钱了。说着,领导转身走起来,但边走边说,限你明天把钱交上来,不交,你这个村主任让别人当。

村里其他几个干部当然不会让领导走,他们拦住领导,还把领导往村食堂里拉,边拉边说,领导你别生气,我们村主任就这脾气,我们会想办法。又说,中午饭准备好了,我们杀了一只狗。说到狗,忽然就听到狗吠声,但一伙人左右看看,并没看见狗在哪里,正迷惑时,领导从身上拿出一个手机来,众人一听,狗吠声居然是从手机里发出的。

领导便接手机,接过后,领导脸色好看多了。领导最喜欢吃的就是狗肉,听说村里杀了狗,这会又接了个电话,他不再提走的事了,也不像刚才那样生气。他把手机伸给村主任他们看,然后跟大家说,乡里如果不建一个基站,我现在怎么打得通手机。村主任他们一边点头,一边看着领导的手机,还说,领导你这手机的叫声怎么这么怪,居然会发出狗吠的声音。领导说,这算什么,我的手机什么声音都有。说着,领导调了调手机,手机里便发出了悦耳的鸟叫声。又调了调,手机里出现了叮叮咚咚的流水声。再调,手机里居然出现了一个怪里怪气的声音,那声音说:"笨蛋,接电话,笨蛋,接电话。"一伙人听了,啧啧称羡着,还说,领导这手机真好,要多少钱呀,我们也去买一只。领导说不贵,才4000元多一点。众人便伸了伸舌头,说,这么贵呀,我们哪买得起?

说着话时,上菜了,一色的狗肉。领导便来劲了,呼呼地吃起来。村里的狗,也闻到肉香了,跑来了好几只,在桌子底下钻来钻去。

忽然狗又吠起来。

还是领导身上的手机响,领导好像喜欢狗吠声,又把手机设置成这种声音。因此,有人打领导的手机,手机里便响起狗的吠叫声。领导那时忙着吃狗肉,没顾上接。这样,领导身上的狗便一直吠着。那些在桌子底下钻来钻去的狗听了,忽然四散开来,然后也吠起来。这些狗一吠,村里其他狗也吠起来,一时间,整个村里到处都是狗吠声。

村主任一边喝着狗,一边提示领导接手机,领导便拿出手机来。这一接,手机里不再有狗吠声了。其他的狗,没听到领导身上的狗吠,也立即停止不吠了。

村主任在领导接过手机后跟领导调侃起来,村主任说,领导你怎么把手机调成这种声音,你手机这一响,那些狗还以为你是它们的同类哩。

众人皆笑。

领导这时不生气了,也跟着笑,然后举起酒杯说,喝。

才说完,领导身上的狗又吠了起来。其他的狗,一听到狗吠声,也跟着吠,一时间又是满村的狗叫声。

村主任怕狗吵,他一边喝着狗,一边跟领导说你那只狗又吠了,快接,不接惹得这些狗都吠,吵死人了。

领导便接手机,这一接,狗不吠了。其他的狗,没听到狗吠,也立即不叫了。

接过手机,领导又把手机往口袋里放,但才放进去,手机又响了,也就是说,狗又吠了起来。领导有些烦了,看了看村主任他们说,你看烦不烦,不接,让他叫。说着,招呼大家吃起来。

领导不接,那狗便一直吠着。毫无疑问,其他的狗也吠起来。其中有一只狗,一直盯着领导吠着,凶凶的样子。村主任大声喝它,它也不停。吠了几声,那狗忽然往前一蹿,扑向了领导。

村主任几个人发现那狗扑向了领导,想制止,但来不及了,那狗一扑过去,便在领导腿上咬了一口。

领导一声大叫,从凳子上跌了下来。

见　鬼

领导收了张三一万块钱,张三是在街上把钱给领导的。领导每天晚上都有散步的习惯,张三也有这个习惯。张三认识领导,有一天张三看见领导在街上散步,张三走过去,求领导帮他办一件事。领导也认识张三,平时碰见了张三,会跟张三点点头。但这天张三提出要领导帮忙后,领导板着一张脸了。领导说这事不能办,说着就走了。张三在领导走了后明白了,自己没给领导送钱,领导才那样板着脸,才说这事不能办。后来的一天,张三又在街上看见领导了,张三塞给了领导一万块钱。领导这回态度好多了,领导笑着说,张三,你也进步了,懂得搞这一套了。

但领导还是没给张三办事,张三在街上碰到领导好多次,领导都不提张三要办的事。张三就急了,有一次拦住领导,问他的事什么时候办。领导说正在考虑,你等等吧。张三就等。但又等了很久,也在街上碰到了领导好几次,领导丝毫不提张三的事。张三又急了,仍问领导他的事什么时候办。领导还是那句等等吧。这一等,就让张三等了半年多,他的事还是杳无音信。张三后来见了领导就催他,还去领导办公室找了领导,但领导还是拖着不办。张三有一天就生气了,在街上看见领导,说:"你不帮我办事就把钱退给我。"

领导十分惊讶的样子,领导说:"你说什么?"

张三重复了一遍,张三说:"你不帮我办事就把钱还给我。"

领导说:"谁拿了你的钱啦?谁能证明我拿了你的钱?"

张三没想到领导会说出这样的话来,张三在领导跟前呆了一会儿,骂起领导来,张三说:"你不是人。"

领导用张三的话回了一句,领导说:"你才不是人。"

张三问领导他怎么不是人,领导几乎是用手指点着张三的鼻子骂起张三来,领导说,你是不懂还是装憨,你那事一万块钱怎么办得了?领导一说,张三明白了,他送少了钱。

张三不想半途而废,他还想送钱,但他拿不出来。正犯愁时,他的好运来了。这天晚上,他像往日一样在街上散步。街上白天很热闹,正是清明节前,街上到处都是卖冥钞的人。但晚上,街上冷清了下来,少有人迹。张三当时就走在这街上,忽然,张三发现街边有一沓钞票。张三激动起来,忙捡起来塞在怀里,然后匆匆走开去。走出好远,在一盏昏暗的灯下,张三把钱拿出来看。这一看,张三又激动起来,一沓钱全是一百元的大钞。张三掂了掂,知道是一万块。

张三把这一万块钱给了领导。

张三从那条街上走出来,就碰到领导了,张三想也没想,就把钱递给了领导。领导接过钱,嘻嘻地笑着,然后对张三说:"你明天到我办公室来吧。"

张三再一次激动了,张三说:"好好,我明天来。"

领导这回特别客气,领导说:"早点来,我在办公室等你。"

领导说着就走了,但没走多远,领导想起来要买些水果回去。

街上就有卖,是一个拖着板车的小贩。领导过去称了几斤,然后从刚才张三给的一沓钱里抽出一张递给小贩。那小贩接过看了看,忽然骂道:"你是人还是鬼?"骂着,把钱丢还给领导,然后推着板车走了。

领导不知为何被人骂,但附近又有一家卖水果的,领导没多想,走过去又称了几斤,然后又把刚才那张钱递了过去。小贩接过钱看了看,也骂领导:"你是人还是鬼?"说着,把钱扔还给领导,也推着车走开了。

领导这回警觉了,走开后看了看手里的钱。这一看,领导忽然发现,他手里是一张一百元的冥钞。领导又把身上那一沓钱拿出来,边走边看。这一看,领导非常生气,那一沓钱全是冥钞。

那时候是晚上,领导只顾看着手上的钱,没顾得上看路。路边有一个很深的下水道,盖子被人偷走了,领导没看到,一脚踏空,整个人跌了下去。

那个小贩,走几步又回了回头,他要看看那个用冥钞的人到底是人还是鬼,但他回头时领导已经跌进下水道了,小贩没看到他。才一会儿工夫,一个人倏地就不见了,小贩相信那真是一个鬼了。小贩这时便有点毛骨悚然了,小贩叫起来:"见鬼,真的见鬼了。"

小贩骂着,从那条昏暗的街上逃走了。

张三第二天一早就去找领导,但他没见到领导。有人告诉他,说领导失踪了,昨晚很多人找了他一夜,也没找到。

镜　子

　　机关放了一面镜子,机关领导赵钱孙李等从镜子前走过,都会停下来照一照。但赵钱孙李等领导的形象实在对不起群众,不是尖嘴猴腮,就是光头秃顶。这样子,连他们自己看了都难过。另一个刘领导,跟他们完全不同,刘领导身材挺拔,面目俊秀。刘领导走到镜子前,一面镜子也大放光彩。

　　其实,赵钱孙李等领导和刘领导之间不仅在形象上有差别,就是在品行上,也差别极大。下面这件事,就可以看出他们之间的差距。

　　这个年终,一个单位要给赵钱孙李等领导送红包,每个红包一万块。这已经是习惯了,年年如此。送礼的人先去了赵领导家里,把门敲开,赵领导看着来人说:"来啦,我以为今年你们不来了呢!"

　　来人说:"我们怎敢不来呢。"

　　随后,送礼的人去了钱领导家里,把门敲开,钱领导看着来人说:"来啦,我以为你们今年把我忘了呢?"

　　来人说:"忘了谁也不会忘了你。"

　　接着,送礼的人去了孙领导家里,把门敲开,孙领导看着来人说:"来啦,我以为你们今年不记得我了?"

　　来人说:"我们怎么会不记得你呢。"

再后,送礼的人去了李领导家里,把门敲开,李领导看着来人说:"你们怎么才来?"

来人说:"不好意思,我们来晚了。"

最后,送礼的人去了刘领导家里。刘领导看见来人,知道他们要做什么,刘领导很生气的样子,刘领导说:"你们今年怎么又来了,我再跟你们重复一次,你们的红包我是坚决不会收的。"

来人只好悻悻而归。

通过这件收受红包的事,谁好谁坏可见一斑。

其实不仅在收受红包的问题上,赵钱孙李等领导和刘领导有差异,就是在其他很多问题上,他们之间也有本质的不同。

来看另外一件事吧。

机关要做一幢大楼,很多人想把工程接下来,于是有一个人拿了两万块钱去找赵领导。赵领导见钱眼开,欣然把钱收下,然后跟来人说:"我一定会帮你的,你放心。"

另一个人,拿了两万块钱去找钱领导,钱领导也是见钱眼开,把钱收下后钱领导说:"你的事放心,我一定会帮你。"

又一个人,拿了两万块钱去找孙领导,孙领导从来都是见钱眼开,他立即把钱收了,然后说:"我会帮你的,你放心。"

再一个人,拿了两万块钱去找李领导,李领导同样是一个见钱眼开的人,他也把钱收了,然后说:"这事你放心,我会想办法让你接下工程。"

当然也有人去找刘领导,也拿着钱去。但刘领导严厉地批评了来人:"要接工程去招标,靠走歪门邪道是没有用的。"

以上只是两个例子,总而言之,刘领导和赵钱孙李有着本质的不同。刘领导为官清廉,而赵钱孙李等领导则贪婪得很,他们

见钱眼开见色起心,成天在一起称兄道弟吃吃喝喝拉帮结派,好事不做只做坏事。

群众的眼睛是雪亮的,他们当然知道谁好谁坏。一天,就有很多人在楼道上评价赵钱孙李和刘领导。他们的观点是一致的,那就是现在像刘领导这样的清官很少了,大多数当官的比如赵钱孙李等是贪官污吏。正说着,赵钱孙李几个人回来了,他们听到了这些话。他们也知道自己在群众心里没有好印象,但当面听到群众骂他们是贪官污吏还是第一回。几个人聚在一起,很生气。其中一个扔了一只茶杯,然后说:"妈的,就他一个人清廉!"

另一个似乎更生气,把一只热水瓶摔了。

这以后不久,当地一家报纸用大半个版面介绍了刘领导为官清廉的事迹。文章中有几句话写得很好,他们说为官清正的刘领导其实是一面镜子,那些贪官污吏可以对着这面镜子照一照,从而看出自己的肮脏嘴脸。

赵钱孙李等领导当然看到了这张报纸,他们聚集在一起,更生气的样子,其中一个把报纸撕了,气呼呼地说:"把他比作镜子,他算什么镜子?"

一个人说:"他还真是一面镜子,因为他的清正廉洁,反照得我们这些人不是东西。"

一个人说:"确实如此,因为他好,就衬得我们不好。"

另一个人说:"为此,我们现在要做的,是如何把这面镜子砸掉,只要没有这面镜子,我们大家都是一样的。"

这话说到了点子上,一个人立即把门关了。

他们随后策划了一个阴谋,就是让他们手下一个人去污告陷害刘领导。这人说他送了一万块钱给刘领导,并找了两个人出来做证。刘领导当然说他没有拿,但赵钱孙李等领导有心要害他,如何会听他的。他们双规了刘领导,然后做出了将刘领导开除公职的处分。

镜子真的被他们砸了。

砸了刘领导这面镜子,赵钱孙李几个领导当然高兴,他们整天都面带笑容。但这天,他们走到了楼道那面镜子跟前。在镜子里,几个领导仍然十分难看,一个个尖嘴猴腮或光头秃顶。他们便对镜子不满了,一个人骂了一声:"什么鬼镜子,把我们照成这样子。"

另一个人不说话,只抬起腿,一脚把镜子踢得稀里哗啦。

这面镜子也被砸了。

贼

领导外面有一个女人,这女人住在领导送她的房子里。领导白天很少去女人那儿,只在晚上去。就是晚上去,领导也很谨慎,生怕楼里的人认出他来。领导总在晚上八、九点的时候,先来到女人住的那幢楼附近,随后领导在外面来来回回地走着,散步的样子。看清楚没有人,领导才走进楼道,然后迅速走上三楼,用钥匙开了门,闪身进去。这个时候女人一般在客厅里看电视,突然走进来一个人,就让女人有些吃惊,女人总说:"你吓死我了。"

领导只好道歉,领导说:"对不起。"

领导其实也不满意自己这种偷偷摸摸的行为,领导有一天对女人说:"每次来你这儿时,我都觉得自己是个贼。"

女人说:"你就不会大方一点?"

领导说:"那就会被人知道。"

女人说:"知道怕什么,很多领导外面都有情人。"

领导说:"你怎么知道很多领导外面有情人?"

女人说:"报纸上会登,电视里会演。"

领导说:"等报纸上登,电视里演,那就出问题了,你说是不是?"

女人说:"那倒是。"

领导说:"我才不想出问题呢。"

女人说:"所以你才这样谨慎?"

有时候领导去得晚一些,这时候女人就在床上睡了。领导摸到女人床边去,女人听到动静,会大声喊:"谁?"

领导说:"是我。"

女人说:"你这样蹑手蹑脚,真的像个贼。"

领导这时就笑一笑说:"不错,我是贼,来偷你的人。"

这天,还真来了一个贼。这贼也不知道用什么手段,居然开了女人的门。那时候不早了,女人也在床上睡了。贼在女人屋里摸索时,女人又听到动静了,女人还是那样喊一句:"谁?"

贼听到女人的声音,立即过去捂住女人的嘴,贼凶着女人说:"不准叫,叫我就杀了你。"

女人这时才知道这次进来的不是领导,而真的是一个贼。

贼随后把女人绑在凳子上,然后在屋里搜东西。但贼并没把女人绑牢,女人在贼搜另一间屋子时,竟然挣开了绳子。挣开绳子后,女人夺门而逃。开了门出来后,女人大喊大叫起来,女人说:"抓贼呀,我屋里有贼。"

轮着贼夺门而逃了。

那时候也不是太晚,楼里很多人还在看电视,听到女人喊,楼上楼下都有人出来,有人甚至看到贼跑出去。也有人去追,但贼跑得更快,没人追到他。

一伙人随后站在女人门口,一个人问女人:"怎么回事?"

女人说:"我也不知道怎么回事,一个贼居然开了我的门,进来了,还绑着我,幸好被我挣脱了,跑了出来。"

一伙人就说:"现在贼也真嚣张,不但进来偷东西,还敢绑人。"

又说:"大家以后要当心点。"

说着,大家散去。

大家散去后不久,领导来了,领导像往常一样,先在楼外面走来走去,装成散步的样子,见没有人,领导快步走进了楼道。走进楼道后,领导也是迅速走上三楼,然后用钥匙开门。

领导这回开不开门。

因为刚才有贼进了屋,女人就谨慎起来,在里面把门反锁了。领导不知道女人把门反锁了,还在外面扭着锁,但怎么扭,领导也开不开门。在领导开着门时,一个人往楼下来,见一个人在开女人的门,这人立即过去扭住领导,然后喊起来:"抓贼呀,那个贼又来了。"

打错了人

他在街上看见一个人,一个脑满肠肥、大腹便便的人。这样的人,大都是当官的人。不错,他看到的这个人就是当官的,姓钟,在他老婆单位当局长。这几天,他到处找钟局长,没想到竟然在街上碰见了。他立即过去当胸抓住钟局长,然后一拳打过去。

钟局长挨了打,凶着说:"为什么打我?"

他说:"你说我为什么打你?"

钟局长说:"你是谁?"

他说:"你说我是谁?"

说着,他又打了钟局长一拳。

街上有人围过来看,一个人还说:"你为什么打他?"

他说:"你问问他,我为什么打他?"

一个人就看着钟局长问:"这人为什么打你?"

钟局长没回答这人的问话,而是怒气冲冲地看着他说:"平白无故地打人,你一定是个疯子。"

他说:"你才是疯子。"

说着,他一拳又打了过去。

钟局长似乎是个斯文人,但接连被他打了三拳后,也忍无可忍了。钟局长暴怒了,也连接打了他几拳,他当然不会白让钟局长打,也拳脚相向。这样的结果就是两个人打成一片了。

边上围着看的人,觉得有劲,都笑。

一个人不笑,这人拼命隔开两人,然后看着他说:"我看见你先动手,你怎么打人?"

他说:"打他算什么,没杀他就算对得起他,他仗着自己是领导,竟敢勾引我老婆。"

这话一说,钟局长就没脾气了,转身就走。他不会放过钟局长,在后面跟着,还说:"想走,没那么便宜。"

钟局长说:"我们到那边说话。"

说着,钟局长走快了。他也快起来,跟在后面。

很快,两个人把围着的人甩开了。

也很快,他们走到一个没人的地方,然后钟局长站下来看着他说:"你是?"

他说:"我老婆都跟了你,你会不知道我是谁?"

钟局长说:"不好意思。"

他说:"一句不好意思就想让我放过你,门都没有。"

钟局长说:"一只碗碰不响,说不定是你老婆缠我呢,双方都有责任,你不能怪我一个人,要怪也要怪你老婆。"

他又出手打了钟局长一拳,他说:"就是你勾引我老婆。"

钟局长这回没和他对打,钟局长从包里拿出一个大信封来,对他说:"这里面有两万块钱,你先拿着。"

他说:"两万块钱就想打发我?"

钟局长说:"不是打发你,是表示歉意,再说你老婆跟我也没吃亏,她从一个打字员做了科长,以后前程远大,对你对你家庭对你儿子都有好处,你闹下去,对你一点好处都没有。"

他一时语塞,不知道说什么好。

钟局长转身走了。

这回,他没跟着。

很快,钟局长走得不见人影了。

他在钟局长走后掂了掂信封,然后也走了。

很快,他又回到刚才那条街上。忽然,他看见老婆了。不仅看见老婆,还看见钟局长。但明显,这钟局长不是刚才被打的钟局长。这钟局长也是脑满肠肥、大腹便便。但明显,这位钟局长更高大。而且,他认出来了,这才是他老婆单位的领导,也就是他要找的真正的钟局长。

明白了这点,他迷惑了,这位是钟局长,那刚才被他打的那位呢,他是谁?

在他迷惑时,钟局长和他老婆走近了。他又握紧了拳头,但他并没打出去。他在钟局长走到跟前时跟钟局长点了点头,然后说:"钟局长,您好!"

麻　烦

领导有一个爱好,喜欢去发廊找小姐。这说法好听些,说难听一点,就是领导喜欢嫖妓。当然,领导这个爱好,只有他自己知道。别人是不知道的。在别人感觉里,领导不抽烟不喝酒,也不赌不嫖,完全是个正人君子。

一个喜欢嫖的人,却让别人没一点感觉。可见,领导这事做得很隐蔽。确实如此,领导从不三朋四友一起去做那种事,他总是一个人去。而且,他从不在当地做,领导总是在有空的时候坐车去几十公里外的佟城,在佟城的宾馆开一间房,叫个小姐。领导每次出门时,都穿很随便很普通的衣服,让别人看不出他是领导。这样隐蔽,就没什么人知道领导这个爱好了。但领导再怎么乔装打扮,他走出来,别人还是能看出他是个当官的。比如有一天领导走在佟城的大街上,一个人过来问路,这人开口说请问这位领导,去康达城怎么走。领导就觉得奇怪了,说,你怎么叫我领导？问路的人说,你一副官相,你一定是个领导。在宾馆里,也经常有小姐认为他是领导。有好多次领导和小姐聊天,领导问小姐,你看我是做什么的？那些小姐总是开口说,这还看不出来呀,你是个当官的呗。领导很怕人家知道他是当官的,他总是否认。

这天,领导又在佟城宾馆开了一间房,叫了个小姐。

我们领导还是蛮喜欢跟小姐说话的,而这个小姐也喜欢说话,两个人逢场作戏,嘻嘻哈哈说了起来。

听听他们说些什么吧：

领导:你猜猜我是做什么的？

小姐:看你尖嘴猴腮的样子,你是个贼吧。

领导:胡说。

小姐:看你腰肢柔软,你是个戏子吧。

领导:瞎说。

小姐:看你脖子老长,你是只鸭子吧。

领导:放屁。

小姐:你怎么生气了呢,跟你开个玩笑嘛,还是当官的哩,就这点肚量呀。

领导:你怎么看出我是当官的。

小姐:这还看不出来吗？你看你,天庭饱满,地阔方圆,一身正气,当然,现在你是一身臊气了,但我相信,你把衣服一穿,绝对一身正气,两袖清风。

领导:这点你倒说对了。

他们的谈话,随后中止了,因为小姐的手机响了。随后小姐一边打手机一边同领导亲昵,心不在焉。打完手机,小姐又不停地玩着她的手机。领导只顾快活,不知道已经惹麻烦了。小姐那手机很高档,可以拍照。拍了一会儿,小姐说自己的手机没电了,要借领导的手机打。领导不知道小姐的阴谋,把手机给了小姐。小姐什么电话也没打,只拨了拨自己手机的号码,把领导的手机号码输进了她的手机里。

领导这天离开佟城后,手机里嘟嘟响了几声,领导知道来了短信,忙打开看起来。

这一看,领导吓得大汗淋漓。

领导在自己手机的彩屏里看见自己赤身裸体压在一个同样赤裸的小姐身上。

领导再笨,也明白麻烦来了。

果然,小姐在一连发来好几条短信——也就是那些他和小姐睡觉的画面后,打了电话过来。领导一听是小姐的电话,就生气,大声说:"你想干什么？"

小姐不生气,小姐说:"这还不知道吗,我手里没钱用,想让你借我两万块钱。"

领导说:"我哪里拿得出两万块钱。"

小姐说:"笑话,你一个大领导,拿不出两万块钱？"

领导说:"真没有钱,我真像你说的那样,基本上是个两袖清风的领导。"

小姐说:"两袖清风的官员也对一个中心两个基本点感兴趣?"

领导说:"这也用不了多少钱。"

小姐说:"谁说用不了多少钱,这次,你就知道要用钱了,你要是不给,我就把这些照片往网上发,到时,你就在网上看你那些照片吧。"

领导说:"别吓我,我不上网。"

小姐说:"你不上网,难道别人不上网吗,你考虑吧,我给你两天的时间。"

小姐说着,"啪"一声关了手机。

领导还有考虑的余地吗?他只有乖乖地把钱送去。

这还没完,这小姐后来常打电话给领导,让领导给她送钱。领导不敢不送,结果在短短的几个月里,小姐就从领导那里借了十几万。

领导真是个两袖清风的领导,他没那么多钱,家里或许有那么多存款,但那些钱掌握在妻子手上,领导拿不到。他给小姐的那些钱,都是受贿或贪污来的。

终于有一天,领导被"双规"了。

第五辑

生活百味

坐上宝马车

他骑一辆破自行车。

有汽车往他跟前呼啸而过，对一般的车，他无动于衷，但看见宝马，他的眼睛就亮了。他边上若有人的话，他会指着车说："哇，宝马。"

说着，他痴痴地看着宝马远去。

这天，他骑车出去，转弯时，一辆车撞了过来。还好，那车开得不快，又及时刹住了。但即使这样，他自行车的钢圈也被撞变了形，他也从自行车上跌下来，一屁股坐在地上。坐在地上时，他看清了，撞他的车是一辆宝马。很快，宝马车上下来一个人，是个戴眼镜的男人，男人问他："你不要紧吧？"

他说："被汽车撞了，还会不要紧？"

男人说："那我带你去医院检查吧。"

男人说着，扶他站起来，并打开车门，让他进去。他犹豫了一下，进去了。进去后，他忽然意识到，他坐在宝马车上了。

车很快开动起来。

他从来没坐过宝马，没想到这会儿能坐在宝马车上。他兴奋起来，脸红扑扑的，眼睛一直盯着窗外看。他看见窗外很多人也像他以前一样，看见宝马开过，便眼睛发亮。

一个女孩还喊："哇，宝马呀！"

又一个女孩，也喊："哇，宝马呀！"

他坐在车上笑了。

但因为是隔着玻璃,外面的人看不到他。他想开窗,又开不来,于是对戴眼镜的男人说:"好闷,把窗子打开来。"

也不知男人动了哪儿,玻璃立即滑了下来。

现在,外面的人看得到他了,他看见外面的人看他时一脸的羡慕。仍有人说:"哇,宝马呀!"说着时,眼睛羡慕地看着他。

一个地方人多,车慢下来,车擦着一个女孩开过,那女孩看看车,又看看他,笑起来。

他见了,问女孩:"你认识我?"

女孩笑笑说:"好像在哪见过。"

他也笑了。

很快到医院了,车不能进去,男人便对他说:"我们走进去吧。"

他点点头,下车了。外面有人看着他下来,是几个女孩,他们也是一脸羡慕地看着他。不仅羡慕地看他,还窃窃私语,他听到一个女孩说:"这人这么年轻,就坐宝马。"

又一个女孩说:"这人身上的衣服不怎么样呀?"

另一个女孩反驳:"你别看他身上的衣服不怎么样,也许那衣服要几千块钱一件。"

他又笑了,满心欢喜。

很快他们走进了医院,并做了好多种检查,结果,他没一点问题。

从医院出来,他又要上宝马车,但男人拦住他,男人说:"你没事了,我要去忙了。"

他说:"就这样算了?"

男人说:"你没事,还要怎么样?"

男人说着,上了车,并发动车子,慢慢走动起来。看着车,他忽然想到自己的自行车了,于是他迅速追上去,还拍着男人的车窗玻璃说:"我的自行车被你撞坏了,你赔我自行车。"

男人又下车了,男人说:"你那自行车要多少钱,你拿 200 块钱去买一辆吧。"

说着,男人掏出两张钱递给他。

他双手接过。

把钱给了他,男人就开车走了。

他看着车,痴痴地。

女孩与车

女孩从超市里出来,女孩特别漂亮,这样的女孩走到哪里,都引人注目。超市门口有几个摆小摊的男女,女孩一出来,就盯着她看。女孩一只手里提着从超市买的东西,另一只手里拿着钥匙。一个摆摊的男人一直注视着女孩,等女孩从身边走过后,男人跟其他几个摆摊的人说:"这女孩肯定有车,她手里的钥匙就是汽车的钥匙。"

一个人说:"你怎么知道人家有车?"

男人说:"这样漂亮的女人没有车,谁有车?"

一个人又说:"这么小的女孩,最多二十几岁,怎么买得起车?"

男人说:"有男人买给她的。"

摆摊的男人没说错,女孩真有车,就停在路边。女孩走近车,一按遥控,"叽——"的一声响过后,女孩拉开了车门。

几个摆摊的人在女孩上了车后看着男人说:"你怎么知道这个女孩有车?"

男人还是那句:"有男人买给她的。"

这句话还真没说错,女孩才发动车,手机就响了,一个男人打来的,男人说:"在哪儿呢?"

女孩说:"刚从超市出来。"

男人说:"车好用吗?"

女孩说:"很好。"

男人说:"你说好,我这个钱花得值。"

女孩说:"谢谢,但你千万莫让你老婆知道,人家说你老婆是母老虎,很厉害。"

男人说:"我有那么傻吗,会让她知道。"

几个摆摊的人当然没听到这些,他们这会儿没生意,在超市门口闲着。忽然,又一个非常漂亮的女孩从超市里出来。女孩手里也是一手提东西,另一只手里拿着钥匙。男人见了,又跟大家说:"你们信不信,这个女孩也有车。"

一个人说:"你凭什么又说这个女孩有车?"

男人说:"我说有就有,你们看吧!"

男人这回仍没说错,女孩确实有车,也停在路边。女孩走近车,也是一按遥控,随着"叽——"的一声响过,女孩拉开了车门。

几个摆摊的人看着女孩上车,在女孩发动车子时,一个人问男人:"这女孩也很年轻,怎么就买得起车呢?"

男人说:"哪里是她买的,有钱的男人买给她的。"

男人这话又说对了,女孩在发了几次车才发动后,给一个男人打了手机,女孩说:"车子不太好发呀?"

手机里一个男声:"你……你说什么?"

女孩说:"车子发动比较困难。"

手机里的男声:"什么……我没听清?"

女孩就有些来气了,说:"你说话怎么吞吞吐吐的?是不是你老婆在边上?"

说着,女孩挂了机,然后一踩油门,把车开走了。

这个上午,摆摊的男人还预言过两个女孩有车,都得到印证。看着女孩把车开走,男人说:"漂亮就是资源,这个资源一开发,要什么有什么。"这时,又一个非常漂亮的女孩提着东西拿着钥匙从超市里走了出来。男人见了,仍说:"这个女孩也有车。"

但这次,男人说错了。女孩手里确实拿着钥匙,但那不是汽车钥匙,而是自行车的钥匙。在女孩开了自行车的锁,把自行车骑走后,男人就有些不好意思了,男人对几个摆摊的人说:"这么漂亮的女孩,怎么骑自行车呢?"

男人又说:"真是浪费资源。"

那个骑自行车的女孩,就住在离超市不远的地方。女孩经常骑着自行车来超市买东西。超市门口几个摆摊的人包括那个男人,便经常看见女孩。见女孩骑着自行车,那男人总要摇着头说:"浪费资源呀。"

让男人没想到的是,这后来的一天,女孩也有了一辆车。女孩的车是自己买的,女孩开了一家专卖店,生意很好,她有能力买得起车。有了车,女孩到超市来就不骑自行车了,开车来。这天,女孩就开了车来,女孩来的时候,超市门口几个摆摊的人没看见。等女孩出来,他们看见女孩了。女孩这天也是手里提着东西,另一只手里拿着钥匙。那个摆摊的男人看见了女孩,盯着看,看了

一会儿,男人忽然说:"女孩也有车了。"

果然,女孩走到了路边一辆车跟前,也是一按遥控,随着"叽——"的一声响过,女孩拉开了车门。

几个摆摊的人看着女孩,还说:"这女孩昨天还骑自行车,怎么今天就有了车了?"

男人哼一声,男人说:"这还用问吗,这么漂亮的女孩,没人送车给她,反倒是怪事呢。"

众人点头。

习　惯

他买了一瓶纯净水,一块钱。

他是投递员,刚刚找到的工作。但他没想到投递员很辛苦,太阳很大,天太热,他走街串户,不一会就浑身是汗,渴了。

一瓶水很快喝完,随手,他把空瓶子扔了。

一个人在瓶子才落地时,就过来把瓶子捡了起来。

他问:"你捡空瓶子干什么?"

回答:"卖钱呀!"

他问:"一个瓶子能卖几分钱?"

回答:"一角钱。"

这天上午,他又买了一瓶纯净水,一块钱。喝完,他随手想扔,但想想这是一角钱,他没扔,塞进了邮袋里。

在他把瓶子塞进邮袋时,他突然看见地上也有一个空瓶子。

想到邮袋里有一个空瓶子,捡起地上那个,就是两个了,值两角钱。这样想着,他弯腰拾起地上的空瓶子。

会捡一个,就会捡两个。这个上午,他一共捡了九个空瓶子,加上自己喝的那个,就是十个。刚好有个收破烂的往身边走过,他把十个空瓶子都卖了,刚好一块钱。

这块钱,他又买了一瓶纯净水。

这以后,他喝水就不要钱了,他走街串户送信,不时地能看到一些空瓶子,他一一捡进来。有时候,不但可以捡一些空瓶子,还可以捡一些纸。比如星期六那天,他送信往洪客隆超市门口走过,那儿到处都是搞促销的人,满地扔着宣传单。他有耐心,一一把那些宣传单捡起来,把两只邮袋塞得满满的。后来骑车子回邮局,人家见他装了两邮袋的空瓶子和废纸,就笑着问:"捡这些干什么?"

他答:"卖钱呀!"

后来,人家就经常看见他的邮袋里塞满了捡来的东西,一个人就笑他:"你干脆去捡垃圾算了!"

他笑笑,没当回事,但若干天后,他真的觉得自己可以专门去捡垃圾了。这天他到市委一幢宿舍送信,在外面的垃圾坑里,他看到一包香菇,他过去捡起来。随后,他在垃圾坑里还捡到一条金华火腿,一条香烟。让他没想到的是,回家后,他在香烟里还拆出2000块钱。

过后,他不当投递员了。

他专门到一些好单位或有钱的住宅小区去捡垃圾,一个月下来,他发现收入远比当投递员的工资高。这样捡了两年,他居然有一些积蓄了。

后来的一天,他一个亲戚来做客,看见他捡垃圾,就对他说:

"你在这里捡垃圾,还不如到我们山里去捡钨石。"

他听不明白。

但去了,就明白了。亲戚家在大山里,这里出产钨矿石,大卡车把钨矿石运出来,由于路不好,一路颠颠簸簸,会漏出很多矿石。一些人专门跟在汽车后面,捡车上漏下的矿石。

他也加入其中,捡矿石,还捡司机扔出的空瓶子。

捡来的矿石也是可以卖钱的,专门有人来收。捡了两三年,他又积攒了一大笔钱。

相比山里那些人,他算是有眼光的。他后来把那些积蓄全部拿出来,买下了一座矿,尽管那矿很小很小,但那是他自己的矿,他有权开采。

三四年后,他把附近的小矿全买了下来,成了远近闻名的矿老板。又两年,他身价过亿。这时候,他再不是那个捡破烂的了,他身边有秘书,出门坐奔驰,真正的一个富豪。

这天,他坐着奔驰出门,在一条街上,他突然对司机说:"停一下。"

司机把车停了,然后下车,到后面为他把门打开。

他下车了,但让司机没想到的是,他下车后,居然走到一个空瓶子跟前。

他弯一弯腰,把空瓶子捡了起来……

赔　偿

　　有一天,他跟妻子说去乡下看看父母。但在街上走了一会儿,他改变主意,不去了。很快,他回家了。在家门口,他竟然开不开门。毫无疑问,门被反锁了。他于是把门敲得砰砰响,还大声说:"关门做什么?"

　　他说过,以为妻子会立即把门打开,但没有。他在门外等了好一会儿,门还没开。他便知道有问题了,他又说:"在里面做什么见不得人的事吗?"

　　说着,他一脚把门踢开了。

　　门开了,他看见屋里有两个人。谁都知道两个什么人,一个男人和一个女人。那男人矮矮胖胖,圆面阔嘴,长得并不怎么好,但很有几分官相。他不管那男人是什么人,一拳打过去,但男人躲开了。随后,男人往外就跑。别看男人胖,跑得很快,他在后面竟然没有追上那男人。

　　这样的事可以说是男人最倒霉的事,他回来后问妻子那男人是谁,但妻子根本没回答他。妻子只说,我做了对不起你的事,你不高兴,就离婚。他妻子很漂亮,他不可能会跟妻子离婚。于是,他把妻子打了一顿,忍气吞声了。

　　让他没想到的是,这天,他在街上碰到那个男人了。

　　这天,他又要去乡下看望父母。走了不远,他忽然看到那个男人了。他相信自己不会看错。那男人矮矮胖胖,圆面阔嘴,长

得并不怎么好,但很有几分官相。这回他不会放过男人。他过去一把抓住男人,然后说:"我看你还跑到哪里去?"

男人说:"你做什么?"

他说:"做什么,你心里有数?"

说着,他打了男人一拳。

男人说:"你干吗打人?"

他说:"打你还是轻的,你勾引我老婆,我恨不得杀了你。"

有人围过来,听他这么说,都说:"勾引人家的老婆,该打。"

他又打了男人几拳。

这几拳一打,男人差不多鼻青脸肿了。

围观的人越来越多,有一个人,好像认得男人,这人说:"这不是张局长吗?"

有人听了,便说:"难怪你老婆会被这人勾引,人家是局长,有权有势还有钱。"

男人既没认可也没否定,只拿出手机打了个电话。不久,一辆车开来了,一个司机下车了,司机见他抓住男人,便凶他:"你干吗抓着我们张局长?"

没等他说话,边上有人说起来,一个人说:"你们张局长玩人家老婆。"

这时张局长说话了,张局长对他说:"出了事总得解决,我们找个地方说话可以吗?"

边上有人又说:"不行,送他去纪检,告他。"

男人说:"好吧,我们去纪检,你上车吧,我们一起去。"

话说到这样的程度,他只好上车了。

但上了车,男人并没带他往纪检方向去。他认得路,他说:"不是去纪检吗,你这去哪里?"

男人说:"你想想清楚,你告了我,对你有什么好处,不如我们谈个条件吧?"

他说:"谈什么条件?"

男人说:"只要你不闹,我愿给你一些钱作为赔偿。"

他也觉得告男人没有什么用,拿些钱倒实在。男人说过后,他点了点头,他说:"你准备给多少?"

男人说:"一万可以吧?"

他说:"一万,你打发要饭的呀?"

司机这时候插嘴了,司机说:"你还想要多少,说实在的,现在哪个干部在外面没有相好?你告又能怎么样,最多只是影响不好。"

他承认司机说得有理,但他还是觉得不能太便宜了男人,他说:"两万,少了两万我们就去纪检。"

男人没坚持,男人说:"好吧,两万就两万。"

接下来拿钱的过程十分简单,男人让司机把车开到一家银行附近,然后让司机去取钱。几分钟后,司机就把钱扔在他手上了。

从男人车上下来,他没去乡下,他回家了。但在家门口,他又开不开门。毫无疑问,门被反锁了。他这回没拍门,也没喊,只一脚就把门踢开了。

门开了,他看见屋里有两个人。谁都知道两个什么人,一个男人和一个女人。那男人矮矮胖胖,圆面阔嘴,长得并不怎么好,但很有几分官相。

他就觉得奇怪了,他刚才还跟这个当官的男人在一起,他怎么又来了。

其实一点也不奇怪,刚才车上的男人和这个人根本就不是一个人。

这个人，才是他妻子的相好。现在，这个人是第二次被他逮住了。

蓝眼睛

他的眼睛跟别人不同，别人是黑眼睛，他是蓝眼睛。

一生下来，他那双眼睛就能睁开。他父亲抱着他，死死地盯着他眼睛看。尔后，找了镜子来，看自己。左看右看，看了许久，做父亲的脸色慢慢难看起来。接着，他父亲盯着他母亲的眼睛看。看着看着，眼睛里就有了些凶蛮，还说："这是怎么回事？"

他母亲起先莫名其妙，等看过他的眼睛后，明白了。于是也死死地盯着他的眼睛看，良久，说："我怎么知道？"

他父亲又凶道："你心里有数。"

这样说，他母亲的一双眼睛就无限委屈了。

别人见了他这双眼睛，也觉奇怪。一看见他，就盯着看许久，还说："这是什么眼睛呀，真好玩。"又说："像外国人的眼睛。"有那些不识相的，那样说了之后，还盯着他父亲母亲的眼睛看，也看许久，还说："你们都是中国人，你们的儿子怎么会长一双外国人的眼睛呢？"

这些话，都是当他父母面说的，好听些，私下里，话更难听，有的说他走了种，也有人说他是杂种。他父亲听到这些话，每回都生气。有一回气愤不过，把他抱到镜子前，从眼睛鼻子嘴巴再到脸型皮肤一一比较过去，越比越觉得不像。这样，做父亲的就把他往床上一摔,还吼:"滚。"

过后,他被父亲送人了。

但不管送到哪儿他那双眼睛都惹人注意,人家见了他,也盯着看许久,然后说:"这是什么眼睛呀,真好玩。"

又说:"像外国人的眼睛。"

在那儿,人家只知道他的养父养母,不知道他的亲生父母是谁。于是就整天有人猜他的父母是谁。有的人说他父亲是外国人,有的人说他母亲是外国人。也有人说他父亲母亲都是外国人。有一个故事,编得有鼻子有眼,还离奇。那故事说,他母亲跟一个外国男人相好,生了他。他父亲容他不下,把他送了人。

很多人都相信这个故事。

于是他从小到大,别人见了他,都讲他的故事,说的听的,都津津有味。

便让他抬不起头,睁不开眼。

他二十几岁的时候,有一天在外面走,有一伙男女注意上他,都好奇地看他,当中有对他的情况略知一、二的,就讲他的故事,且绘声绘色。里面有个女的,听得很认真,过后还去找了他,一次又一次。后来,女孩居然喜欢上了他,对他说:"我爱上你了。"

他有些惘然,问女孩:"你爱我什么?"

女孩说:"爱你的眼睛。"

听了这话,他有些激动,平常,别人看了他眼睛,总是胡编乱造他的故事,直说得他那双眼睛不敢睁开来。现在,居然有女孩说爱他的眼睛,他于是敢把眼睛睁得大大的,还问女孩:"你真爱我的眼睛?"

女孩很坚定地点着头。

过后女孩跟他越来越好,这样好下去的结果就是结婚,但商

量结婚时,女孩忽然问他:"你亲生父母现在在哪里呢?"

他告诉了女孩。

女孩说:"我要见他们。"

那时候他只知道亲生父母在哪儿,并无往来,他不愿去见他们。但女孩不依,娇嗔地拥着他说:"要见嘛要见嘛,要不,我连你亲生父母都不知道是谁。"

他依了女孩。

他便带了女孩去见他亲生父母,那时候他亲生父母很老了,弯腰驼背。到了那儿时,他对女孩说:"这就是我父母。"

女孩说:"什么?"

他重复了一遍。

女孩大吃一惊,问他:"他们怎么是你父母?你父母应该是外国人呀?"

他说:"谁说我父母是外国人?"

女孩就盯了他的眼睛看,还说:"你父母不是外国人,你怎么会长一双外国人的眼睛。"

他的解释就是赶紧闭上眼睛。

门

那门口站着一个人,我总看见那人一动不动木偶一样。一次,我走过去,这回,那人嘴动了一下,那人说:"你不能进去。"

我根本没打算进去。

有一天,我又走近那门,门口那人仍说:"你不能进去。"

我说:"我不进去,就在这儿站着。"

我把话说完,我身边一个领导走到那人跟前,领导说:"以后这门由小刘看。"那人不再做木偶了,走开去。

我在那人站过的位置上站下来,一动不动,我相信我也站成了一个木偶。有人往门里走,我就说:"你不能进去。"绝大多数人听了,走回去。但也有人赖着不走,想进去。我只好再说:"你不能进去。"有几回把这话说过,忽然领导出现了,领导说:"让人进来。"

一天走来一个女人,要进去,我照例说:"你不能进去。"

女人仍要进去。我仍说:"你不能进去。"

女人运气不好,没碰上领导,女人在我再三重复"你不能进去"的声音里走开了。

这天下午,领导走近我,领导说所有的人都让他进来。我问,为什么?领导说,我们不能把机关把守得像铜墙铁壁一样。还说我们的机关是人民的机关。

我当然照领导的指示去做。有人走来,我不再说你不能进去了,我一动不动地站在那儿,看着人进去,又看着人出去。

那个女人,第二天又来了,她犹犹豫豫走近我,见我没开声,又犹犹豫豫地走进去。出来时,女人不再犹豫了,只冲我甜甜地一笑。过后女人常来,我不会干涉她,任她大摇大摆地走进去。一天,女人在我跟前站下来,说:"怎么不管了呢?"

我说:"领导让大家进去,我服从领导。"

女人听了,莫名其妙地笑一下,还说:"你很像一个人。"

我说:"像谁?"

女人很有意思地笑了一下,说:"我不告诉你。"

我说:"为什么不告诉我?"

女人没说,仍笑着走开了。

这以后不久,领导又走近我,这回领导告诉我不该进来的人别让他进来。我仍问为什么,领导说要加强治安管理。

再见着女人时,我把她拦在门外,我说:"你不能进去。"

女人说:"为什么?"

我说:"我们领导说不能进去。"

女人听了,又莫名其妙地笑一下,转身要走。

我喊住她:"你说我像一个人,像谁呢,你告诉我呀。"

女人说:"你真想知道?"

我点头。

女人说:"那么你到我店里来看吧。"女人还告诉我她的店在哪里。女人走后,我猜想我肯定像女人店里一个什么人,我不知道这个像我或者说我像他的人会是什么样子。

我觉得我应该去看一看。

于是有一天我请了假,去找女人的时装店。

店不大,只三五个人,见了我,女人冲店里的几个人说:"我说的就是这个人,你们看他像不像。"

众人说:"像,简直一模一样。"

我看店里几个人,都是女的,好像没有谁像我。

女人朝门口指一指。

我往门口去。

门口有一尊石膏做的时装模特。

我真的很像它。

模　式

　　马东喝了酒就想按摩，以往，都是这样，酒一散，就有人说马局长，我们去按按吧。按按，就是按摩的意思。但今天没人喊他按摩，马东只好跟人告辞，悻悻而去。不过没走多远，马东就走到一家发廊门口，里面一个小姐向他招着手。马东就想进去，但还是回头看了看。马东习惯这样看了，看看身边有没有买单的人。结果很失望，这儿只有马东一个人。

　　马东就不想按了，想走。小姐看出马东在犹豫，过去拉住了马东，并把马东往里拖。这是个很漂亮的小姐，马东不想走了，跟了小姐进去。

　　进去了，马东就拥着小姐，马东每次都这样。把小姐拥着，马东还喜欢跟小姐说话，马东说："小姐，你好漂亮呀。"

　　小姐说："老板在笑话我。"

　　马东说："现在拖板车的卖老鼠药的也被人喊着老板，我才不是什么老板，你猜猜看，我是做什么的？"

　　小姐说："这还要猜吗，一看你就是个当官的。"

　　马东说："不错，你眼睛还算准。"

　　马东说着时，身上的手机响了，马东便跟小姐嘘一声，让小姐莫出声，然后接起手机来，马东说："我还在开会，真在开会，不骗你，你怎么不信我，我什么时候骗过你。"

　　小姐在马东打电话时一直没出声，但马东打完电话后小姐出

声了,小姐说:"你骗起老婆来也不脸红,明明在小姐身上,却说在开会,我刚才真想对着你手机说你压在小姐身上。"

马东说:"你怎么知道是我老婆打来的电话。"

小姐说:"这还听不出来吗,'我在开会',一听就知道是同老婆说话。"

这时,马东的手机又响了,马东又跟小姐嘘一声,接起手机来,马东说:"我在外面吃饭,等我吃完饭你再打我电话,好,就这样,再见。"

小姐在马东打完手机后又开口了:"你哪里在吃饭,你在吃奶。"

马东说:"好,我吃奶。"说着,在小姐身上啃起来。

正闹着,马东的手机又响起来,马东翻开手机,说:"我现在在家睡觉,你要过来,算了,明天到我办公室来吧。"

马东打完手机,小姐又说:"我总算见识到你们这些当官的,一会儿说在开会,一会儿说在吃饭,现在又说在睡觉,过一会有人找你,你不会说你在上厕所吧。"

马东说:"那我就按你的话说,说我在上厕所。"

过了一会,果然手机响了,马东接起手机来,但没说上厕所,而是说:"我在按摩,你过来吗,在红楼发廊。"

小姐这回茫然不解,小姐说:"你这回怎么实话实说?"

马东说:"一个在一起玩的哥们,他这个电话打得好,我正愁没人跟我买单。"

也就是几分钟后,一个矮个子走了进来。马东这时坐了起来,让小姐跟矮个子按。矮个子跟马东一样拥着小姐,嘴里也不停地说着话,矮个子说:"小姐,你好漂亮呀。"

小姐说:"老板在笑话我。"

矮个子说:"现在拖板车的卖老鼠药的也被人喊着老板,我才不是什么老板,你猜猜看,我是干什么的?"

小姐说:"这还要猜吗,一看你就是个当官的。"

矮个子说:"不错,你眼睛还算准。"矮个子身上的手机响了,矮个子也对小姐嘘了一声,然后对着手机说:"我还在开会,真在开会,不骗你,你怎么不信我,我什么时候骗过你。"

小姐嘻嘻地笑了。

矮个子接完电话,问小姐:"你笑什么?"

小姐看看马东,又看看矮个子,开口说:"你们这些当官的,怎么跟一个模子里倒出来的?"

彩　电

一个贼在一户人家偷东西,那人家没什么值钱的东西,只有一台彩电和一台冰箱值钱。按老套的做法,贼没偷到钱或值钱的东西,会把冰箱推倒,把彩电灌满水。这个贼没这么做,冰箱搬不动,他就算了,彩电他还是能搬动,于是他搬走了彩电。

其实那个贼只是把彩电从这幢楼搬到那幢楼,然后贼敲开了一户人家的门,对屋里的人说:要彩电吗?

不要。屋里的人说。

贼说:我这是好彩电。

好彩电也不要。屋里的人说。

贼说:我便宜卖。

便宜卖我也不要。屋里的人说。

贼说：这彩电是海信的，原价2200多块，我只卖500块。

你干吗卖这么便宜？屋里的人说。

贼四处看了看，一幅贼眉鼠眼的样子，然后小声地说，不瞒你说，我这彩电是偷的。不是偷的，怎么会卖这么便宜。

屋里的人心动了。

很快他们成交了。

贼经常在那几幢楼里偷东西，一般人家都很谨慎，不会把大量的钱放在家里，一些值钱的东西比如项链、戒指什么的，也会藏得很隐蔽，贼不容易偷到。但彩电没地方藏，贼能偷到。而且偷彩电很安全，不会出什么事，有时候扛着彩电下楼，碰到人了，但一般人都不会过问别人的事，管你彩电是偷的还是抢的。偶尔也有人过问，比如有一天贼扛着一台彩电下楼，一个人说你拿彩电去哪儿？贼从容不迫地回答说拿去修。那人再不过问了，随贼去。贼偷到彩电，又扛到另一幢楼，敲开一户人家的门，然后把彩电卖给人家。

一天又有一户人家彩电被偷。

那人家不富裕，家里最值钱的东西就是那台彩电。偷了，就没得看，偏偏那人家的孩子要看电视，没了彩电，天天吵着要买电视。那家大人有一天说："我们都下了岗，吃饭都成问题，哪有钱买彩电，再吵，我揍你。"

一个邻居往那人家门前走过，邻居同那家人很好，他在门口说："现在谁家孩子没有彩电看？还是跟孩子买一台吧。"

那人说："没钱呀！"

邻居说："买一台旧的吧，最近常有人拿彩电来卖，贼便宜，只卖三、五百块钱。"

那人说:"怎么卖这么便宜?"

邻居说:"听说是贼偷的。"

那人说:"贼偷的怎么能买。"

这话说过不久,一个贼就把那人的门敲开了。然后对那人说:要彩电吗?

不要。那人说。

贼说,我这是好彩电。

好彩电也不要。那人说。

贼说,我便宜卖。

便宜卖我也不要。那人说。

贼说,这彩电是海信的,原价2200多块,我只卖500块。

爸,这么便宜你也不买,你是傻瓜呀。那人的儿子蹿过来说。

贼说,是呀,这么便宜,你不买,真的太傻了。

你怎么卖这么便宜?那人说,但说过后发觉自己在明知故问。

贼仍然四处看了看,一幅贼眉鼠眼的样子,然后小声说:不瞒你说,我这彩电是偷的。不是偷的,怎么会卖这么便宜。

那人心动了。

很快他们成交了。

歪打歪着

有一段时间,他妻子经常不回家。有时候回了家,也会在接了一个手机后突然说有事要出去。等妻子回来,已是半夜时分。每次,妻子都脸露倦色。对此,他不可能没有想法,他觉得妻子一定有状况。

有一天他跟踪了妻子。

这天妻子才进家门,手机就响了。他听得出,那是来短信了。果然,妻子看了看短信,转身就往外走。他见妻子又要走,便大声喊住妻子,他说:"怎么又要出去?"

妻子说:"单位有事,我得去一下。"

他有些不信,于是在妻子走后,他悄悄跟在后面。果然,妻子没往单位那条路走,而是往另一个方向走。在转过一条街后,妻子上了一辆停在路边的小车。他对小车也不是一无所知,他知道那是一辆广州本田。

妻子才上广本,车就开走了,悄无声息,把他傻傻地扔在路边。

这样的事后来还出现过,有一天,妻子也是才回来,电话就响了。妻子接过电话,又要出去。他仍喊住妻子,他仍说:"怎么又要出去?"

妻子说:"单位有事,我得去一下。"

他说:"是出去约会吧?"

妻子说:"怎么可能呢。"

他说:"现在什么都有可能。"

妻子不同他说了,只往外走。他仍然在后面跟着,也是转过一条街,妻子上了停在路边的一辆广本。

车随即开了,妻子上了车,对车里一个人说:"我老公好像在怀疑我。"

车里一个人说:"怎么会呢?我们做得很小心呀。"

说着话时,小车开进了一家宾馆。

看到这里,谁都知道,他的怀疑不是无中生有。他妻子确实有情况,也就是说,他妻子确实红杏出墙。

妻子再一次出去时,他仍跟在后面。广本还停在老地方,妻子一走近,就钻了进去。然后广本开走了。这回他没有被扔在路边,他早有准备,立即跳上了一辆出租汽车,他要跟着广本,看看他们到底去哪儿。答案很快就有了,广本开到了一家宾馆门口,然后妻子和一个胖胖的一看就是一个当官的男人下车了。妻子会在这里和一个男人下车,他什么都明白了,知道那胖胖的男人把自己的妻子勾引了。他也要下车,然后过去抓住那个男人。但他下不了车,他坐的出租车没有停的泊车位,司机不让他下车。这样,他只有眼睁睁地看着妻子走进宾馆。等他下了车,他不知道妻子去了哪儿。他当然找过,但宾馆很大,他不可能一间一间房去找。找不到就等,想等他们出来抓个现场。但一直等到半夜,他也没看到妻子。倒是半夜后回到家里,他看到妻子已经上床睡了。

他当然不会放过妻子,他一把把妻子从床上拉起来,然后狠狠地对妻子说:"跟你好的男人是谁?"

妻子说:"你胡说什么呀?"

他说:"我还胡说,我看到你坐着广本和一个男人进了宾馆,那男人,胖胖的。"

但妻子矢口否认:"你胡说,我根本没去宾馆。"

他说:"你不承认也没关系,总有一天我会见到那家伙,我见到他决不放过他。"

这一天,他真见到了。

那辆广本经常停在街边,他妻子多次在那儿上车,然后悄无声息地走了。这天,他又在那儿看见了一辆广本。这次他跑了过去,近了,他看见一个瘦瘦的小伙子坐在驾驶位上。他记得跟妻子在一起的不是这个瘦瘦的小伙子,而是一个胖胖的像一个当官的男人。现在看见那个瘦瘦的小伙子,他不知道怎么做了,他只呆呆地站在车边。正发呆时,一个人走了过来,并伸手拉开车门,要进去。这人胖胖的,他立刻认了出来,这个胖胖的人就是那天把妻子带进宾馆的男人。

他过去一把抓住了胖男人。

抓住男人后,他凶起来:"妈的,你勾引我老婆,我打死你。"

说着,他打了胖男人一拳。

胖男人捂着被打的脸,问他:"你是谁?"

他说:"你说我是谁,你勾引了我老婆,还不知道我是谁吗?"

好多人围了过来,胖男人见了,立即跟他说:"我们上车说,上车说好吗?"

这时,那个瘦司机下车了,瘦司机把他往车上推,也说:"上车说吧,上车说。"

他被推上车了。

其实这个胖男人跟他毫无关系,说明白一点,勾引他妻子的根本不是这个胖男人。但这个胖男人在外面也有一个相好的,胖男人以为东窗事发,便在车上一个劲地跟他赔不是。随后,他被胖男人带进了一家宾馆。在这里,胖男人和瘦司机坐下来跟他谈条件,他们同意赔偿他两万块钱,条件是他不要把这事闹出去。他提出两万太少,让胖男人加。胖男人显然想息事宁人,又加了一万。他见好就收,让胖男人当场拿钱。这难不到胖男人,他让瘦司机出去了一下。等瘦司机回来,他便拿到三万块钱了。

在他接过胖男人的钱时,他妻子又在那街边也就是老地方上了一辆广本车。

这次,他在宾馆,没跟踪到妻子。但很快,他看到妻子了,当他拎着那三万块钱走出宾馆时,他看见妻子从一辆广本车上走了下来。

接着,车上走下来一个男人。

这也是一个胖男人。

第六辑

乡村风情

三月桃花开

三月桃花开。

其实,不要等到三月,还在早春二月,接连晴了几天,气温略有回升,便有桃花耐不住寂寞,把一张笑脸露出来。还不是那么红,淡淡的,怕羞一样。那是初冬,乡村好多地方还草木枯黄,桃花一开,虽然只是三朵两朵,但已经把大地装点得有了色彩。一伙去乡村踏青的人,忽然就看见桃花开了,他们一脸的惊讶,然后欣喜。但欣喜中还带着一些遗憾,因为一棵树上,只开了那么几朵,让人觉得稀稀拉拉。满树都是花骨朵,一伙人想象着,要是一树的花都开了,那是何等灿烂。于是一伙人约定,再过些日子,等到三月,等桃花全开了,再来。三月,就在大家的企盼中到来了,这时候再看桃花,一树的灿烂,一树的娇艳,一树的妩媚。这还是看一棵树,若在远处,比如在山下,看半山上的一片桃林。这时候的山上,一片桃花红霞一样,染红了大半个天。在桃花开着时,梨花也开了。甚至,梨花比桃花开得还早一些,但白白的梨花只能是桃花的陪衬,有一树的桃花开着,梨花就要黯然失色。虽然有人说"忽如一夜春风来,千树万树梨花开"。但"桃之夭夭,灼灼其华"的景致还是更迷人一些。

唐诗里的"人面桃花相映红"已经远去了,但现实里,这样的景象时刻都在演绎。一天,一个村姑就让唐诗再现了一回。村姑喜欢桃花,每年三月,桃花开了,村姑就会去看桃花、赏桃花。村

外的山坡上就有一片桃林,村姑来来去去方便得很。村姑在桃花跟前一站,就让桃花美了。当然,村姑也美了。村里一个后生,高中毕业了,也是每天在桃林里来来去去。这样,他们就碰上了。后生当然知道流传千古的诗句,后生吟诵起来:人面桃花相映红……

一个村里住着,村姑也是认得后生的,村姑见了后生,盈盈地笑着说:"是你呀,你没去读大学?"

后生说:"没考取。"

村姑有些吃惊的样子,呀了一声,然后说:"你这么会读书都没考取,那明年再考吧。"

后生说:"不考了。"

村姑又是一惊:"那你做什么呢?"

后生说:"帮我父亲照看这片桃林。"

后生没骗村姑,他真的在家帮着照看那片桃林。村姑后来总看见后生在桃林,而且,还看见后生总皱着两道眉。村姑有一天就问:"花开得这么灿烂,你怎么皱着眉头不高兴呢?"

后生说:"桃树又在流胶呢。"

村姑听不懂这话,村姑说:"我不懂你的意思。"

村姑年少,真的有许多不懂的事,她真的不知道桃树流胶是怎么回事。桃树可以开出千般迷人、万般娇艳的花。那花一开,一棵树便风风光光,艳艳丽丽。却不知,这风光艳丽的后面,却有多少辛酸和无奈。桃树在成活后的第三年或第四年,树干上就开始流一种胶,那胶初时为透明或褐色,时间一长,柔软树胶变成硬胶块。后生在一本果树病虫害防治知识上看到过这样一段文字:

桃树流胶病,又称疣皮病,是危害桃树(桃花)、核果类果树的一种常见病,以主干发病最突出,发病初期病部肿胀,并不断流出树胶,3 至 4 个流胶珠连在一起,形成直径 3 至 10 毫米圆形不规则流胶病斑。此病会造成树皮与木质部腐烂,树势日趋衰弱,叶片变黄,变小,严重时,全株树干枯死。

后生桃林里就有枯死的树,一棵桃树,因为患流胶病,只能成活十几年。同为果树,柚子树、橘子树、李树、枣树都可以活几十年。柚子树甚至可以隔代相传,也就是父亲栽的树,可以传给儿子,而桃树一般只能活十几年。十几年的桃树,因流胶病而满树斑斑驳驳、千疮百孔,把一生耗尽。后生现在天天在桃林里,他每天都在想办法防治桃树流胶,但桃树流胶很难根治,后生无计可施。也为此,后生整天愁眉不展。

村姑后来知道后生为什么愁眉不展,便一次一次到后生桃林里去,村姑问:"难道就没有什么办法吗?"

后生回答:"到目前为止,还没有彻底的根治办法。"

村姑也一脸愁容,说:"其实我很想帮你。"

后生说:"我知道。"

有一天,村姑给了后生一本书,一本果树病虫害防治知识,村姑特意去城里买的。后生有这本书,但后生还是很高兴地接过村姑递给他的书,说:"谢谢!"

村姑说:"不知道能不能帮你。"

后生说:"你已经在帮我。"

在桃花开着的那些日子,村姑和后生几乎天天在一起。这天,那伙相约再来看桃花的人终于来了,他们不仅看到灿烂的桃花,还看到了人面桃花相映红的景致。也就是说,他们在桃树下看到了村姑。他们中的一个人说:"这姑娘像桃花一样漂亮。"

又一个人说:"比桃花还漂亮。"

村姑村里一个女人,也往桃林走过,听了这话,女人插嘴说:

"人家怎么会不漂亮,人家在走桃花运。"

这话一说,村姑脸红了。

村姑边上另一个人,也脸红了。

这个人就是后生。

一个朋友叫树

平把树当作自己的朋友。

树不是人,是一棵真正的树。一棵杨树,颀长挺拔。树在郊外一条堤上,平有了空闲,就去看那棵树。到了,树叶摇曳着,发出哗哗的响声,那是树在说欢迎。平就笑起来,然后坐在树的绿荫里。

树有时候会跟平说些话,一次树问平说:"你怎么总喜欢到我这儿来呢?"

平说:"我喜欢这儿,我觉得这儿的一花一草、一树一木都十分亲切。"

树叶又哗哗作响,那是树的笑声。

平又说:"我把你当成朋友了,不知你要不要我这个朋友?"

树说:"有你这个朋友,我的眼睛都在笑哩。"

平看看树,可不,树干上有一双又一双眼睛,都笑笑的样子。

平真的把树当成朋友了,有很长一段时间,他一没事就去看树。树也把平当成朋友,天热的时候,在平头上撑起一片绿荫。落雨的时候,又在平头上撑一把伞,为平遮风挡雨。

一次,平又去看树,但在半路上平被一个人拦住了,这个人也把平当作朋友,这朋友说:"匆匆忙忙去哪儿呢?"

平说:"去看一个朋友。"

那朋友说:"你可不要交了新朋友忘了老朋友呀。"

说着,那朋友把平拉走了。

有一段时间,平经常跟这个朋友在一起玩。通常是朋友来找他,然后和另一些朋友在一起喝酒打牌聊天什么的。一回,在一起喝酒,一个人忽然把酒泼在平身上,那人说:"你这王八蛋,怎么每次都是我们敬你的酒,你从不敬别人?"

平说:"我不会喝酒。"

那人又把酒泼在平身上,凶着平说:"你是怕喝坏了身体吧?"

平说:"你喝醉了。"

那人说:"你才喝醉了。"

平还经常被那些朋友拉去打牌,平输多赢少。但有一次平赢了,赢了不少。后来平接到单位的电话,让他赶快赶回去。平不能打下去了,要结账。但大家不跟他结账,一个人还说:"你不能走。"

平说:"为什么?"

那人说:"赢了就想走,门都没有。"

平说:"我单位有事。"

那人说:"这样的借口骗得了谁呀?骗傻瓜差不多。"

平走不脱了。

有一次,平跟一个朋友在一起聊天,他们说到另一个叫张三的朋友,那人说张三小气吝啬。平接嘴说张三是会过日子。但不知为什么,后来的一天张三找到平,张三说:"你这家伙怎么说我小气?"

平说:"我没说,我只说过你会过日子。"

张三说:"这不一样吗,这就是说我小气。"

平说:"我真不是这个意思。"

张三说:"你才是小气鬼,你请朋友吃过几次饭,你赢了钱就想走人,你是十足的小气鬼。"

平气得说不出话来。

平这天又去堤上了,到了,树把一片绿荫撑在平的头上,然后说:"怎么这么久没来呢?我有些想你这个朋友了。"

平叹了一声。

树说:"为什么叹气呢?"

平又叹了一声,平说:"还是做树好呀,挺直着腰板站在这儿,不要为世事烦恼。"

平又说:"我真想做一棵树。"

平还说:"可惜我做不了树。"

树哗哗作响,那是树说话的声音,树说:"你做不了树,可是你有树做你的朋友呀。"

平看看树,平看见树身上一双又一双眼睛都在看着他,每双眼睛都是真诚的。在这些眼睛的注视下,平欣慰起来,说:"不错,我虽然做不了树,但可以和你们树做朋友。"

树叶哗哗作响,笑了。

平也笑了。

衣　服

　　在村里，张云的衣服穿得最难看。张云总穿一件青褂子，要不，就穿一件蓝褂子。褂子就是衣服，张云的大人总把衣服叫褂子。而且青褂子还是大人穿剩的，穿在张云身上大了，晃晃荡荡。张云还有一件校服，张云有半年多没去读书了。有时候，张云还会把校服穿在身上。张云还有一个弟弟，也是村里穿得最难看的。弟弟总穿一条青裤子，有时候，也会穿一条蓝裤子，裤子上打满了补丁。

　　张云和弟弟穿得那么难看，是因为家里穷。张云的父亲得了腰子病，也就是肾炎。后来就只能卧在床上了。家里有这么一个病人，肯定会穷下来。张云的母亲有一天走了，也没跟谁打招呼，就那样悄悄逃离了这个家庭。张云那时候在读高中，母亲一走，她就回来了，不读了。的确，她只能回来。一个生病的父亲，是供不起她和弟弟上学的。甚至，父亲也供不起弟弟上学。从回到家里那天起，张云就觉得肩上有担子了。弟弟成绩好，她想让弟弟把书读下去。父亲病着，她还想赚钱给父亲治病。

　　不久，张云出去打工了。张云先去了抚州。在这里，工作倒容易找，但工资低。一个月很辛苦地做下来，只能赚400多块钱。这些钱根本不够弟弟读书，也不够父亲治病。后来，张云又去了另一座城市。这里工作也好找，但打工的人，什么时候工资都不高，也只有700多块钱。张云真的不满足这一点工资，她想赚更

多的钱。赚钱的路子也有,一天张云往一家宾馆门口走过,就看见门口贴了张招工启事。张云进去问他们能赚多少钱?宾馆里的人告诉张云,说想赚多少就能赚到多少,一个月一万块钱也能赚到。张云开始不明白,但后来明白了,知道做小姐就能赚一万块钱。张云在宾馆门口来来回回走了好久,最后下决心走进了宾馆。

有人猜到了,张云做了小姐。

不错,张云做小姐了。张云真的想让弟弟读书,也真的想给父亲治病。这要很多钱,她觉得只有做小姐,才赚得到那么多钱。

快过年时,张云回来了。张去回来,最大的变化就是衣服穿得好看了。张云本来就好看,把好看的衣服一穿,张云更好看了。张云走出门,村里人都快要认不出张云了。认出来后,大家都很惊讶,都说:"张云,你衣服穿得真好看。"

张云不仅自己穿得好看,还买了很多好看的衣服,让弟弟穿。那些天,张云和弟弟走出来,碰到谁,谁都说他们好看。碰到男的,男的说:"你们穿的衣服真好看。"碰到女的,女的说:"你们怎么穿得这么好看呀?"张云很喜欢听这句话,张云笑着,脸上开花一样。

张云是回来过年的,年一过,张云又出去了。

没人知道张云在外面做什么,但知道她赚了很多钱。因为,张云不时往家里寄钱。村里还有几个女孩在外面打工,但她们好像没赚到张云那么多钱。因为,她们往家里寄的钱很少。到年底回来时,她们穿得也没张云好看。张云走出来,不停地有人说:"张云,你衣服穿得真好看。"

"张云,你穿这么好看的衣服,更漂亮了。"

"张云,你穿得这么好看,变了一个人一样。"

张云听了,总笑。不仅笑,张云还把一些穿剩的衣服送给村里一些女孩穿。那些衣服,说是穿剩的,其实还很新,很好看。张云有好多这样的衣服,张云把这些衣服都给了村里的女孩。这下,村里女孩走出来,个个都好看。张云见了,很高兴,张云跟那些女孩说:"女孩子穿衣服最重要,衣服穿得好看,人就好看。"

村里女孩也懂得这道理,但她们赚不到那么多钱,买不起那些好看的衣服。

这年8月,张云又回来了。张云的弟弟考取了大学,张云赶回来看弟弟。张云这时赚了很多钱,她供得起弟弟上学。不仅如此,张云还花了很多钱给父亲治病。虽然父亲的病没完全好,但比以前好多了。这些好事当然让张云高兴,张云家家户户散了糖果,还把一些穿剩的衣服给了村里的女孩。但这次,很少有人穿出来。张云当然注意到了,张云有一天看见一个女孩,张云也给这个女孩送了衣服。张云过去拉住女孩,问她:"怎么没穿我送的衣服呢?"

女孩说:"我才不穿你的衣服呢。"

说着,女孩晃开张云,跑走了,把张云一个人扔在那里。

这回张云没急着出去,张云一个亲戚,给张云介绍了一个对象。小伙子是邻村的,张云和小伙子见过面后,还满意。小伙子呢,对张云也满意。两个人都满意,就把亲事订了下来。亲事一订下来,两人见面也就频繁起来。有一天,两个人一起去县城,小伙跟张云买了一枚戒指。张云不小气,也跟小伙买了一件很贵的衣服。小伙很喜欢张云买的这件衣服,后来总穿着这件衣服来见张云。张云也喜欢小伙穿那件衣服,她觉得那件衣服穿在小伙身上很帅气,张云说:"人靠衣妆,你看,你穿这件衣服比以前好看多了。"

小伙嘿嘿地乐。

亲事订下后不久,张云又走了。但到年底回来时,小伙不来了。张云开始等小伙来,但等着等着,张云也觉得不对劲了。有一天张云不等了,去邻村找小伙。人是找到了,但小伙一开口就要退婚。张云觉得很突然,张云说:"好好的,你怎么就要退婚呢?"

小伙说:"还要我说出来吗?"

张云说:"你得说清楚。"

小伙说:"你真要我说出来?那我就说了,你在外面怎么能赚那么多钱,衣服穿得那么好看,又供弟弟上大学,还给父亲看病,你的钱哪来的?"

张云的脸就红了。

小伙子说:"你听听你们村里人怎么说你?他们说你赚了不干净的钱。"

小伙子说着,把张云买给他的那件衣服扔给了她。张云没接,衣服落在张云脚下了。

张云忽然就哭了,她觉得,自己也是一件衣服,被人扔了。

不敢回家

夏村年轻一些的女孩,都出去打工了。打工是好听的话,其实就是出去做小姐。这个钱来得快,村里一个青青,出去还不到两年,家里就盖起了楼房。还有何娟小丽燕子等,也是出去才一两年,家里都盖起了房子。村里人都知道这些女孩在城里做什么,甚至她们的父母,也知道。但山旮旯里的小村,穷怕了,没人指责她们。甚至,也没人揭穿她们。过年的时候,那些女孩都回来了,她们一个个都穿得很漂亮。村里人见了她们,都会打着招呼,比如见了青青,有人就说:"青青回来啦!"

青青说:"回来了。"

村里人又说:"青青你变得更加漂亮了,你在城里做什么呢?"

青青说:"在服装厂做衣服。"

村里人知道青青肯定不在服装厂做事,但没人会揭穿她,村里人跟青青点点头,笑着。

见了小丽,也说:"小丽回来啦!"

小丽说:"回来了。"

村里人又说:"小丽你变得更加漂亮了,你在城里做什么呀?"

小丽说:"在一家鞋厂做鞋。"

村里人也知道小丽不在鞋厂做事,也没人会揭穿她。村里人也跟小丽点点头,笑着。

年一过,青青小丽何娟等又出去了,并且带了一些年轻的女孩出去。甚至一些结了婚的少妇,也在老公的默许下出去了。不仅是夏村,就是周围的许多村子,也都是这样,只要是年轻一些的女孩或少妇,都出去了。在那一带农村走动,如果看到了哪家盖了新房,不用问,这家人家一定有年轻的女孩或年轻的媳妇在外面打工。谁都知道她们出去打工的含义,但夏村这一带的人,已经很开明了,根本不把这当回事。

这年,夏村一个叫何苹的女孩也出去了。何苹是夏村唯一的

高中毕业生。她参加过高考,但差了几十分。落榜后,何苹又在县城的亲戚家学习了半年的电脑。随后,何苹就出去打工了。何苹在东莞一家电脑公司工作,开始去的时候,只有1000多块钱一个月。但很快,何苹就表现出她在电脑方面的特殊天赋。她在一年里,连升三级,从一个普通员工升级到部门主管,工资也由开始的1000多元升到4000多元。到过年的时候,何苹回来,也是漂漂亮亮的。村里人见了何苹,也打着招呼说:"何苹回来啦!"

何苹说:"回来了。"

村里人又说:"何苹你变得更漂亮了,你在城里做什么呢?"

何苹说:"从事IT行业。"

村里人听不懂,又问:"IT是什么意思?"

何苹说:"通俗地说,就是从事与电脑有关的工作。"

村里人也点头,也笑。

但没人相信何苹真的从事IT工作,每个人都觉得何苹跟村里其他女孩一样,在城里做小姐。

何苹出去的第二年,家里也盖起了楼房。有人见了,就跟何苹的母亲说:"你家何苹能干呀,出去才一年多,就有钱让你们盖房。"

何苹母亲喜笑颜开地说:"是呀,我家何苹是能干,盖房的钱都是她寄来的。"

房子盖好了,差不多就到年边上了,何苹也回来了。那些女孩,比如青青小丽何娟等,也回来了。一个村里住着,不仅熟,还很要好。一天青青和小丽见了何苹,亲热得不得了。问过好后,青青和小丽还跟何苹说起很私密的话来,青青便问何苹:"你身体还好吗?身体是革命的本钱,一定要当心。"

小丽则说:"套子是一定要戴的,不然,坏了身体就玩完了。"

何苹几乎听不懂这些话:"你们说什么呀?"

青青和小丽惊讶地看着何苹,很有些不高兴地说:"你装什么呀,你不跟我们一样赚身体的钱吗?不然,你两年之内做得起屋?"

何苹就明白了,说:"我才不跟你们一样,我从事的是 IT 行业,IT 你们懂吗?"

两个女孩见何苹死活不承认,脸一变,走了。

这年,母亲要把村里的大狗介绍给何苹。何苹母亲说她身体不好,总是大狗到家里来帮忙。但何苹不同意,不管母亲怎么说,何苹就是不同意跟大狗好。何苹每次都跟母亲说:"大狗没文化,他配不上我。"母亲有一次听了,生气了:"是大狗配不上你还是你配不上大狗,你在外面做那样的事,人家大狗都不嫌弃你……"

何苹没等母亲说完,就凶着母亲说:"你说什么?"

母亲回答说:"我说什么,你不懂吗?"

何苹说:"你说我也在外面做小姐?"

母亲说:"这不是明摆着的事吗?要不,你哪里赚得到那么多钱?"

何苹就要发作了,但最终,何苹只扔了一只热水瓶。

第二天,何苹就走了。以后,除了寄钱回来,何苹再没回过家。

过　渡

有一天我去了一个叫许塘的地方。这天是星期天,我无所事事,于是随便上了一路公交车。这路公交车的终点站就是许塘,一个离我们抚州不远也不近的地方。

下了车后我继续往前走,我走过一个村庄,又走过一个村庄。有人告诉我,这两个村庄,一个叫许塘谢家,一个叫许塘王家。过了许塘王家,我忽然看见河堤了。看见这条河堤,我就明白了,我到了抚河了。从抚河过渡,就是李溪。

我想过渡了。

我很快走上了河堤,在堤上,我看见了一个女孩。这是一个阳光灿烂的秋天,和这阳光一样灿烂的,是这个女孩。在这样一个好日子,能碰上这样一个好女孩,我心情十分舒畅。我甚至跟女孩笑了一下,女孩也灿烂地跟我笑了一下。但很快,女孩跑下了河堤,跑到离河堤最近的一幢屋子前。这幢房子很破很旧,我听到女孩在房子外面大声喊道:"爸爸,给钱我过渡。"

屋里走出来一个男人,这男人四十多岁的样子,身上穿的衣服也像他的房子一样,又破又旧。男人看看女孩,没好气地说:"你又过渡干什么?"

女孩说:"河那边好。"

男人说:"哪里好?一点也不好。"

女孩说:"好,就是好。"

男人就给了女孩两块钱,女孩接过后说:"两块钱怎么够呀,一来一回过渡就是两块钱,在那边我至少还要花一块钱买水喝吧?"

没想到男人生起气来,男人突然凶女孩:"我没有钱,有本事你自己去赚嘛,都十八九岁了,还在家里吃白饭,你要我养你一辈子呀?"

女孩没出声,她怨恨地瞪了男人一眼,往堤上走来。

随后,女孩上船过渡了。我也要过渡,于是也上了船。在船上,女孩看着河水发起呆来,满脸不高兴的样子。

船很快拢岸了,从渡口到李溪,还要走一小段路。女孩下了船后,只低着头走路,闷闷不乐的样子。我也跟在边上走着,因为有女孩刚才在堤上的灿烂一笑,又有同船过渡的经历,我尝试着跟女孩说话,我说:"农村还这样穷吗?"

女孩没回答我,但女孩还是抬头看了我一下,并点了点头。

我又说:"农村怎么还这么穷呢?"

女孩仍没回答我,但叹了一口气。

我继续说:"你应该去城里找些事做呀?"

女孩这回回答了我:"我刚刚读完了高中,正在城里托人找事。如果找到了,我就会去做,现在对我来说,只是过渡时期。"

说着话时,我们到李溪了。今天当墟,到处是人,女孩很快消失在人海里不见了。

这个女孩,我猜想以后再也见不到她了。但不是这样,大约半年后,我又见到了女孩。

这一天,我又到红楼美容厅去找小姐。在抚州,我应该算是一个有钱人,我只铺了一条路,十几公里,就赚到了我这辈子都可能用不完的钱。我走出去,别人都叫我华总。像我这样的人,不

去找小姐才怪呢。这天,我一走进去,就看见那个女孩了。我当然有些意外,但我毫不犹豫地叫了她。

女孩也认出了我,在房间里女孩说:"怎么是你呀?"

我说:"我不可以来吗?我们还曾一起同舟共济哩。"

女孩说:"是同船过渡。"

我说:"有什么差别吗?"

女孩说:"你是有钱人,我是穷人,我们怎么会在一起同舟共济呢?"

我笑笑,问女孩:"怎么会来做小姐?"

女孩说:"简单的道理呀,找不到事做,又为了要赚钱,便来了呀。"

我没再说什么了。

完事后我给了女孩100块钱,这是规矩。女孩把钱接过,然后跟我说:"有零钱吗,给一块钱我买水喝。"

我包里有三块零钱,我一起给了女孩。把钱递过去时,我对女孩说:"我有三块零钱,一块钱给你买水喝,另外两块钱给你过渡。"

女孩说:"我已经过渡了。"

说着,女孩开门出去了。

我不认识你

踢人是个人,一个二十岁的农村女孩。二十岁的女孩应该如花似玉,但踢人却跟这句话相去甚远。踢人三四岁的时候跌在火笼里,烧坏了半边脸,破了相。踢人半边脸是一个老大的伤疤,她走出来,脸上的伤疤比她身上任何地方都醒目。

踢人这个名字其实是她自己取的,也是三四岁的时候,踢人见到任何不喜欢的东西都用脚去踢,踢桌子凳子水桶,地上的石头,路边的树,地里的庄稼,反正不管什么东西,她都用脚去踢。见了不喜欢的人或者惹她不高兴的人,踢人也用脚去踢,比如爸爸让她不高兴,她就用脚踢爸爸,边踢还边说:"爸爸是坏人敌人踢人。"妈妈让她不高兴,她又用脚去踢妈妈,也是边踢边说:"妈妈是坏人敌人踢人。"对别人,踢人也是这样,村里二狗,喜欢惹她,踢人见了二狗,就过去踢他,还说:"二狗是坏人敌人踢人。"可见,在踢人心里,踢人跟坏人敌人是同义词。有一段时间,踢人天天说着踢人这两个字,于是,别人就把她叫成踢人,她原来的名字,没人叫了。

踢人脸上破了相,难看,但人好,为人很热心。踢人十八岁了,村里别的女孩这时候就在谈朋友找对象,踢人脸上有疤,没人要她,她只好找事做。她买了一辆三轮车,天天开着车去浒湾帮人拉货,有时候,也拉拉人,拉一个人去浒湾两块钱。把人从浒湾拉回来,也是两块钱。但村里人,踢人从不收钱,不管是村里人去浒湾还是村里人从浒湾回来,踢人从不收钱。在半路上遇见了村里人,踢人也会停车。踢人这样做,为踢人赢得了好口碑,所有的人都说踢人好。踢人脸上是有伤疤的,难看,但在村里,没人觉得踢人难看。因为踢人做人好,大家完全忽视踢人脸上的伤疤,觉得她和平常女孩一样。有时候坐在踢人的车上,一些人还问:"踢人,你找了对象吗?"

踢人说:"找不到。"

问的人才觉得这话不能问,于是说:"你找得到,你人这么好,一定找得到。"

踢人说:"可是,没人来找我呀。"

"会有人来找你。"车上的人一起说。

"真的没人来找我。"踢人幽幽地说。

那几年,踢人真的没想过有人会找她。踢人整天开着三轮车在外面跑。有时候,她也会像村里人一样,坐在马路边卖瓜。踢人他们村在马路边上,村里人有什么东西,会搁在马路边上卖。比如夏天西瓜熟了,卖西瓜。秋天橘子柚子熟了,卖橘子柚子。踢人比较大方,不会斤斤计较,所有过往的人,只要买过踢人的东西,都会再把车停在她跟前,再买她的东西。有一个年轻人,开一辆很好看的车,踢人也不知那是什么车,但踢人知道只要自己在路边卖东西,这个年轻人就会把车停在自己跟前,买自己的东西。而且,年轻人喜欢跟踢人说话,年轻人走过来总说:"又看到你。"踢人笑一笑。

一次年轻人问她:"你叫什么名字?"

踢人说:"踢人。"

年轻人没听清楚,又问:"你叫什么,踢人?"

踢人说:"踢皮球的踢,人民的人。"

年轻人说:"踢人?怎么叫这样的名字?"

踢人笑笑。

再熟些,年轻人有一天对她说:"如果你脸上不是有疤,你并不难看。"

踢人又笑。

年轻人说:"怎么弄成这样?"

踢人说:"小时候跌在火盆里。"

年轻人说:"身上没烧伤吧?"

踢人说:"没有。"

说着,踢人把身上的衣服往上提了提。那是夏天,踢人只穿一件短短的体恤。衣服往上一提,肚脐眼下面两寸和上面两寸就露了出来。年轻人见了,就说:"其实你身上的皮肤很好。"

踢人提衣服只是习惯性动作,因为经常会有人问她身上烧坏了没有,为了证明没烧伤,她往往会提一下衣服。但在这个年轻人跟前提衣服,踢人有些不好意思了。

年轻人又说:"而且,你身材也很好。"

踢人脸红了。

这天年轻人又来了,但不知是走神还是不小心,年轻人把车开到路边水沟里了。年轻人怎么加油门,车也上不来。不少人围着看,年轻人让大家帮忙推一下,但没人动手,都说要钱。这时,踢人走了来,听村里人说要钱,踢人生气了,说:"你们掉我们村人的脸,帮人推一下车还要钱。"

踢人说着,看了看车,然后跟年轻人说:"你等一下,我开三轮车帮你拉上来。"

过了一会,踢人就开了三轮车来,还带了绳子来,绑好,踢人坐在自己的车上发动三轮车,轰隆几声响,年轻人的车就从沟里拉了上来。

这次之后,年轻人来得更勤了,每次,都买踢人很多瓜。一次,踢人就看着年轻人说:"你买这么多瓜是自己吃还是给人吃?"

年轻人说:"当然是自己吃。"

踢人说:"你吃得了这么多瓜?"

年轻人说:"吃得掉。"

一次年轻人跟踢人说:"我觉得你脸上的疤可以整容,治得好。"

踢人说:"没想过。"

年轻人说:"怎么没想过?"

踢人说:"没那么多钱。"

年轻人说:"我有,我想帮你整容。"

踢人看着年轻人说:"你帮我整容,吓我吧?"

年轻人说:"真的。"

这个年轻人,不是说说而已,真的是认真的。年轻人后来到踢人家里,很认真地跟踢人父母谈了一次。再过一段时间,年轻人就和踢人把关系定了下来。尽管关系定了下来,但踢人父母总觉得这事很玄,没有对外说出去。

这以后,村里人就很少见到踢人了。但那时候瓜下市了,没人再在路边卖瓜了,因此,没怎么看到踢人也算正常。但没看到踢人开着三轮车来来往往,村里人还是会想到她,有人说:"踢人呢,怎么这么久没见她?"

没人回答得出来。

但世上没有完全瞒得住的事,很快,村里人知道了,踢人找了个有钱的老公,就是那个开小车的年轻人,她嫁到城里去了。

大半年或者更长一些时间,踢人回来了,当然,是整了容回来。这时候踢人脸上的疤已经没有了。踢人真的很好看,她走在村里,没人认识她。踢人喊一个人,又喊一个人,再喊一个人,但别人都陌生地看着她,还说:"你是谁呀?我不认识你。"

踢人说:"我是踢人呀!"

人家明白她是谁了,但反应冷淡,都说:"你是踢人呀,不像呀!"说着,转身而去。

村里有狗

村里看不到什么人,只见一些老人和狗。老人很和善,见了我,都笑着点头,还有老人问我:"来做什么呢?"

我说:"看老房子。"

老人说:"那边有座门楼,是明朝建筑。"

老人说着,带我去看门楼。

和老人一样和善的,还有村里的狗。这个村的狗很多,我走过一家又一家,几乎每户人家都有狗。这些狗都跑出来,但我没听到狗吠,也就是说,它们没对着我吠叫。一些狗还跟着我,我走到哪儿,狗跟到哪儿,很温顺的样子。在门楼下,一些狗还站在我跟前,我抬着头看门楼,狗也抬着头看,好像它们能看懂什么。一只狗就在我身边,我看它认真抬头看着,觉得有趣,于是伸手在它身上摸了摸,狗也没反应,只看我一眼,又跟我一样抬着头。

这天我在村里待了小半天,几乎没听到狗叫。但后来,一个人骑着车子出现了。这是个收狗的人,车子后面放着一只铁笼子,里面已经关了两只狗。这人一边走一边喊:"收狗,有狗卖啵?"

忽然,我听到一只狗叫起来,这狗一叫,其他的狗也叫起来。顿时,村里的狗叫成一片。不仅叫,一些狗一边叫着还一边气势汹汹地冲上去。收狗人大概跟狗打的交道多,狗那样凶着叫着,但他并不怕,仍叫着:"收狗,有狗卖啵?"

村里的老人,明显对这个收狗人不欢迎,一个老人对他说:"你去别的地方收吧,我们村没有狗卖。"

收狗人说:"你们村很多狗呀,怎么不卖呢?"

老人说:"再多也不卖给你。"

收狗人说:"我出高价钱。"

老人说:"你赶快走吧,我们不会卖狗。"

收狗人就走了,狗仍追着他叫,见他走远了,才不叫了。

我在收狗人走了后,问一个老人:"为什么村里的狗对着那个人又吠又叫。"

老人说:"这个人不是什么好人,以前游手好闲,现在专门杀狗卖,狗杀多了,身上有股杀气,我们村的狗闻得到这股杀气,所以又吠又叫,赶他走。"

狗通人性,我想也是这么回事。

几天后,我想去这个村拍些照,于是又开了车去这个村。路上,我看见了一个熟人。这熟人姓钟,是教育局的局长。局长有专车,他平时每天都坐着车。但不知为什么,他今天没坐车,还慌慌张张的样子。于是我停了车,喊他:"钟局长,你去哪儿呀?"

钟局长说:"没去哪。"

我说:"要不要我开车送你?"

钟局长说:"你去哪儿呢?"

我说:"我去乡下看一个古村。"

钟局长说:"我跟你去看吧。"

有人作伴,我自然同意。

一个小时后,我又到那个村了。让我没想到的是,钟局长才下车,村里的狗就叫起来。随后,钟局长走哪儿,那些狗都跟在后面叫。一些狗,还冲上去,要咬钟局长。钟局长就害怕了,慌忙上了我的车。那些狗,看见钟局长上了车,又围着我的车叫。钟局长见了,就说:"村里有狗,我们走吧。"

我还要拍照,没走,但我挺奇怪,我问村里的老人:"今天这些狗怎么啦,怎么不停地叫?"

老人说:"我们的狗不会无缘无故地叫,一定是你带来的那个人不是好人,身上有杀气。"

我说:"怎么可能呢,人家是个局长。"

听说他是个局长,老人不出声了。

我们离开时,村里的狗还跟着在车后面叫。钟局长也脸色煞白,好像很害怕的样子。我见了,就对钟局长说:"你还怕什么,我们在车上。"

钟局长一声不吭。

车开了一会儿,钟局长说他有事,硬让我停车,然后他下车了。

我回来后,听到一个惊天动地的消息,钟局长掐死了他一个情人,然后潜逃了。也就是说,钟局长在碰到我之前,将他一个情人活活掐死了。然后,钟局长碰到了我跟了我去乡下。再然后,他中途下车,潜逃了。

但钟局长无处可逃,第二天,他就被抓了。他被抓后,公安找过我好几次,幸亏他的事跟我毫不相干,我才没惹麻烦。

强　奸

　　小芹从地里回来时,被二狗跟上了。后来,在河边,二狗扑了上去。小芹当然叫了,但没用。二狗甚至也大着声音跟小芹说:"这地方没人,你再叫也没有用。"

　　真的,那地方没人,小芹声音再大,也没人出现。

　　结果可想而知,小芹被强奸了。

　　二狗从小芹身上爬起来时,看着小芹说:"你不要把这事说出去。"

　　二狗又说:"你说出去对你没好处。"

　　二狗还说:"你说出去你在村里就做不起人,我反正不要紧,我出去躲几天,就没事了。"

　　说着,二狗走了。

　　小芹在二狗走了后,开始收拾自己。她觉得二狗说得对,这事不能说出去,说出去在村里做不起人。这样的例子村里有过,村里一个小红,被村里的大牛强奸了。小红去报了案,但大牛一躲了之。倒是小红,总有人在后面点点戳戳,弄得抬不起头。小芹不想步小红的后尘。为此,小芹做出决定,她不把这事说出去。

　　做好这个决定,小芹回家了。

　　小芹的父母都在家里,小芹真的没把事情说出去。但小芹能控制自己的嘴巴,却不能控制住自己的情绪。小芹到家后一直闷闷不乐,甚至偷着抹眼泪。小芹的父母看出了小芹的反常现象,他们一起过来问小芹出了什么事。小芹心里实在是难过,父母这一问,小芹就哭了。哭了一会儿,小芹就告诉父母说二狗强奸了她。

小芹的父母非常生气,他们大声叫起来,要去找二狗算账。小芹让父母别去,小芹说这事闹出去,以后她不好做人。小芹的父母听了,更加生气,小芹的父亲说:"你都被他强奸了,我们还不能去找他,世上哪有这样的事?"

小芹的母亲则说:"让他赔偿你的损失,他不赔,我们就去告他。"

说着,小芹的父亲母亲拉着小芹气势汹汹地去了二狗家。

见了二狗,小芹的父亲当胸抓住他,然后凶着说:"你强奸了我家小芹,你说怎么办?"

二狗说:"你说怎么办?"

小芹的父亲说:"你赔偿损失,不然,我送你去派出所。"

二狗说:"赔多少?"

小芹的母亲开口了:"五千。"

二狗说:"你狮子大开口,你女儿值五千吗?"

小芹的母亲说:"那四千。"

二狗说:"四千也不值。"

小芹的母亲说:"三千。"

二狗说:"二千,多一分我也拿不出。"

小芹的父母知道二狗穷,他们同意了。

不过,二狗当晚没给钱,他答应第二天给。

但第二天,二狗不见了。

二狗躲了。

这事就这样传出去了,小芹再走出去,村里的人都好奇地看

着她。有跟小芹好一些的姐妹,会走近小芹,她们开导小芹:"你想开一点,做女人的,总有这一天。"

小芹不好怎样回答她们,她只有低着头跑走了。

也有一些女人,她们问小芹:"你怎么就会让他强奸呢?你叫呀,抓他呀,你怎么就让他得逞了呢?"

小芹更不好回答,小芹又低着头跑了。

有些孩子,见了小芹,会一起说:"二狗是个王八蛋。"

小芹仍低着头跑开了。

后来,小芹就不敢出去了,不敢去地里,不敢去河边。小芹每天都躲在屋里。

一个人只能躲在家里不敢出去,心情当然不会好。小芹在家里每天都生气,发脾气,发父母的脾气。小芹一发脾气,就对父母说:"我恨你们。"这话说一次,二次,三次,五次,小芹的父母都装聋作哑。但说多了,小芹的父母也生气了,他们说:"你怎么恨我们呢?是二狗强奸了你,要恨,你恨二狗呀。"

小芹说:"就恨你们,你们要不是为了钱,我也不会弄得人不像人鬼不像鬼,连门都不敢出。"

说着,小芹又"呜"的一声哭了。

小芹的父母无话好说,只有唉声叹气。

好久好久,小芹还是不敢出门。

后来的一天,二狗回来了。

二狗回来了,小芹的父母也没去找他。

小芹的父母不敢去了。

不久,小芹走了。

小芹出去打工了。

小　麦

　　村里一个小麦,找了个当兵的对象,订婚的时候,兵在村里住了几天。那时候是夏天,村里的大人孩子都在河里洗澡。兵也去了河边,兵到河边时,河边一伙人都看着兵笑。小禾也笑。笑着时,小禾忽然双手往上伸,人往下沉,大声喊道:救命呀——救命——兵见了,衣服都没脱,就往水里跳。兵跳进水里时,一伙人轰地笑起来。那个小禾,在大家笑着时不往下沉了,也看着兵笑。

　　兵知道那个小禾在逗他,但兵没有生气,兵看看大家,也笑了笑。

　　那几天,兵走到哪里,都有人看着他笑。如果看见小麦和兵走在一起,大家便笑得更起劲。小麦便满脸通红,小声跟兵说人家在笑我们。说着,加快脚步,走开来。大家见了,越笑得起劲。小麦不好意思,会跑开来。

　　兵不会跑,兵在人家笑他时,也看着人家笑。

　　大家都觉得这个兵很有意思。

　　其实大家并无恶意,村里也有人出去当兵,他们回来,没人会笑他们,因为大家很熟。但这个兵不同,他是小麦的对象,大家一想到他是小麦的对象就觉得很有意思,所以看见他就想笑。不但看见兵想笑,就是看见小麦也想笑,不仅笑她,有时候还唱,一天小禾就唱道:我是一个兵,来自老百姓……又唱:日落西山红霞

飞,战士打靶把营归,把营归……小麦知道人家唱她,脸上真的飞满了红霞。

有几天,小麦都不敢跟兵一起出去了,怕人家笑她。小麦还对兵说,你没事也别出去,免得人家笑我们。兵不怕。兵说没事,大家觉得好奇,才笑,过两天,就不会笑了。

兵照样出去。

这天傍晚,兵又去了河边。河边人多,见了兵,仍笑。那个小禾,又在水里,他也看着兵笑,笑过,故技重演,双手一伸,大喊:救命呀——救命——便往水里沉。河边的人,都知道小禾开玩笑,这玩笑不新鲜了,他们猜想兵不会理睬他。但大家错了,兵像上次一样,衣服都没脱就往水里跳。

大家又笑,但笑过,大家都一脸亲切地看着兵。

小禾实在是个不懂事的孩子。第二天,兵下河时,他仍那样双手一伸,也是大喊大叫说救命。河边上的人,烦了,都说小禾你烦不烦。说过,又看着兵说别理他。兵口里也说不理他,但还是游了过去。小禾在兵游过去后忽然从水里跳起来,也是大声笑着。

这回没人跟着他笑,还有人制止小禾,跟他说:不要总逗人家老实人。

小禾做了个怪脸,往远处游去。

两三分钟后,小禾又大声喊起来:救命呀——救命——河边一伙人便做一脸的不屑,还大声骂道:你吵死呀。
那边小禾没停,仍叫道:救命呀——我抽筋了——
兵赶紧游过去。
有人见兵游过去,便说:别理他,让他闹。

兵说:怕真有问题。

兵没说错,这回小禾真是腿抽筋了,正在水里拼命挣扎。这是汛期,水很大,小禾腿抽筋,根本游不到岸边。正危急时,兵游了过来。小禾见了,一把抱着兵。兵被小禾抱着,立即呛了一口水。兵便说不要抱着我,松开,这样我们两个人都游不上去。但小禾慌了,根本没听,仍死死地抱着兵。兵便一边挣扎,一边往岸边游。水很急,兵和小禾在水里沉沉浮浮,喝了不少水。

这时候天不早了,暗下来。岸边的人,朦朦胧胧也看出问题了,几个水性好的人便往兵那儿游。此时,兵和小禾已被大水冲到下游几十米远的地方,待几个人游过去,兵挣扎着快到岸边了。见来了人,兵把小禾往他们跟前一推,自己便被水冲走了。

几个人慌忙把小禾弄上岸,然后去找兵,但天黑了,几个人没看见兵。

消息很快传到了村里,一村的人都来了。

小麦当然也来了,她一到河边,就往水里跳,要去找兵。别人见了,慌忙拉住她。但小麦挣扎着还往水里跳,同时哭着喊着,伤心欲绝的样子。

要在以往,大家见小麦这样子,早就笑落牙了。现在,没人笑,都陪着小麦伤心落泪,还骂那个小禾,都说:都怪你这个兔崽子。

小禾也伤心地哭着。

在大家哭着时,兵走了来。兵被水冲走后,又奋力游上了岸,然后走了回来。有人见兵回来了,大喊了一句:小麦,你那个回来了。

小麦回头一看,真是兵,于是顾不了许多,扑了过去。

一伙人长舒了口气,又笑。

兵被小麦拥着,倒有点不好意思了,兵说:有人看呢。

兵还说:他们在笑我们。

小麦说:不管他们。

海　选

老木一大早就起来了,老木起来后就往外走。路上,老木碰到了老歪,老木说:"今天上午就要海选了。"

老歪说:"你怎么特别关心海选。"

老木说:"我们可以把村主任选下去,选别人当村主任。"

老歪看着老木。

老木说话的地方离村主任家不远,老木指了指村主任家的大门,老木说:"村主任一向喜欢侵占我们老百姓的利益,他家做的房子,一半地基是我的,可他是村主任,他要霸占,我奈何不了他,但这次海选,我绝对不投他的票。"

老歪笑笑说:"你是不能投他的票。"

老歪说着就走了,老木见老歪走了,就说:"你怎么就走了呢,你也不能投他的票。"但老歪没回他的话,还是走了。老木见老歪走了,也走了。不久,老木看见了李保生,老木说:"今天海选,我们不要投村主任的票。"

李保生说:"老木,你不怕我把这话说给村主任听?"

老木说:"不怕,上午海选,他肯定选不到村主任了,我还怕他做什么?"

李保生说:"你怎么知道他当选不到村主任。"

老木说:"村主任总是侵占我们群众的利益,我承包的养鱼塘,村主任什么时候想鱼吃,自己捞就是,从不跟我打招呼。"

李保生说:"所以你不选他。"

老木说:"我坚决不选他。"

李保生说:"你不选他,不代表别人不选他,别人选他,他还是村主任。"

老木说:"我觉得别人也不会选他,比如说老歪,他老婆都让村主任睡了,老歪会选他?还有你,儿子让村主任的狗咬了,村主任屁表示都没有,你花了100多块冤枉钱打防疫针,这样的村主任,你还选他?"

李保生就被老木说通了,但李保生担心地说:"我们不投他的票有什么用,别人投,他照样当村主任。"

老木说:"别人也不会投他的票。"

老木说着就走了,不一会,老木看见了李铁,老木说:"你知不知道今天海选?"

李铁说:"知道。"

老木说:"我们不投村主任的票。"

李铁说:"你当然不能投村主任的票,他睡了你老婆,你投他的票就太没骨气了。"

老木说:"村里的女人被他睡过的多得很,老歪的老婆,李保生的老婆,村主任都睡过,再选他当了村主任,说不定你李铁的老婆他也会睡。"

李铁说："他敢,他敢动我老婆,我一刀捅了他。"

老木说："你不选他,大家不选他,他睡鬼的老婆去。"

李铁说："也是。"

李铁这样说,老木就很高兴了。

这个早上,老木一直在村里走,老木见了一个人,就说:"今天海选,我们不能投村主任的票。"又看见一个人,老木又说:"今天海选,我们不投村主任的票。"

一个早晨就这样过去了,上午九点,选举开始了。村里所有的成年人都站在村里的禾场上,而三个候选人则站在最前面。一个乡里的领导,在选举前说了几句话,他说这次海选完全按村民的意愿选,村民想选谁就选谁。老木听了,很开心,老木跟边上的人说:"听到了吗,想选谁就选谁,我们决不投村主任的票。"

说完,选举就开始了。选民手里拿着一个乒乓球走到三个候选人跟前去,三个候选人前面放了一只桶,一只红彤彤的塑料桶。选民想选谁,就把乒乓球放在谁的桶子里。

老木站在队伍的后面,在队伍慢慢往前走动时,老木还跟前面后面的人说:"我们不投村主任的票,听到吗。"说着话时,老木就到三个候选人跟前了,老木看了看,村主任桶里放满了乒乓球,而其他两个候选人桶里,只有几个乒乓球。

老木想也没想,就把乒乓球放进了村主任桶里。

结果很快出来了,村主任继续当选。

这是什么动物

老人牵牛出去时,儿子瞪了老人一眼,儿子说:"你还养牛做什么?"

老人说:"我喜欢牛。"

儿子说:"没人养牛了,村里只有你养了这头牛。"

老人不在乎儿子怎么说,牵了牛往外走。路上,有人看见老人牵了牛走来,也说:"你还养牛干什么?"

老人说:"我喜欢牛。"

又有人说:"村里只有你这头牛了。"

确实,村里只有老人这头牛,而且有好几年了,村里一直就只有这头牛。牛是耕田的,但好几年前,村里就有人买了耕田机。一亩地,耕田机只要十几分钟,就可以耕好,比牛快了至少十倍。有了耕田机,养牛的人家渐渐少了,到后来,再没人家养牛了,只有老人养了一头牛。老人牵牛出来,总有人说:"你还养牛干什么?"

老人说:"我喜欢牛。"

但这天,一个人没这么说。这是一个大人和一个孩子,大人看见牛,显然很高兴,大人说:"总算看到一头牛。"说过,大人跟身边的孩子说:"看见吗?这就是牛。"

孩子有些兴奋,孩子呵呵地笑着,孩子说:"这就是牛呀?"

老人这时候也笑了,老人说:"你们没见过牛吗?"

孩子说:"只在书上看过,没见过真的牛。"

老人说:"你们是城里人吗?"

孩子的大人摇摇头,跟老人说:"不是。"

老人奇怪了,老人说:"不是城里人,怎么没见过牛?"

孩子的大人说:"我们村里没有牛,别的村也没有牛,听说你们村有一头牛,我专门带孩子来看。"

老人说:"为什么要专门带孩子来看牛?"

孩子的大人说:"一个乡下孩子,连牛都没见过,说得过去吗?"

老人听了,笑了。

这样的事后来出现很多次,老人在家或者放牛的时候,总有大人带着孩子来看牛,看到牛,大人就跟孩子说:"看到吗?这就是牛。"

孩子也是很兴奋的样子,呵呵地笑,还说:"这就是牛呀?"

老人说:"你以前也没见过牛?"

孩子的大人说:"没见过,我们村里没有牛。"

孩子的大人还拿出相机,咔嚓咔嚓拍了很多张牛的照片。回去后,他把这些牛的照片发到博客上,博客的标题是:

你知道这是什么动物吗?

看过这标题,再看到牛,就有人想笑了,牛还不知道吗?但下面一段文字,就让人不笑了,这段文字是这样的:

在我们这儿,因为机械化程度高,耕田再不要用牛了,因而牛越来越少。这头牛,是我们走了一个又一个村子,才看到的。我们生活在农村,但我儿子六岁了,却没看过牛。我们怀疑,再过若千年,牛会成为稀有动物,让人不认得了。

这条博文,点击率相当高。

老人不知道博客什么的,老人只知道越来越多的人来看他的牛。一有人来,老人就呵呵地笑。

老人觉得很开心。

谶　语

一

他要出门。

门口坐着他父亲,老人家年纪大了,坐门口晒太阳,一动不动。但他走出门时,父亲还是动了动,父亲说:"去哪里?"

他说:"去陈坊老街。"

二

他真的要去陈坊老街。

小时候,他总到陈坊老街去玩。那是一条窄窄的街,街上铺满了青石板,许多青石板被磨出了沟沟壑壑,那是岁月留给老街的皱纹。街两边是木楼木屋,虽然很破很旧,却开着许多店铺。以前,父亲叫他买东西,他都会跑到老街来买。但自从他出去工作后,就很少再来老街了。昨天,他开车回来,又看见老街了。老

街小,不可能开得进车,他只是往老街街口经过。那一刻,他便想着要再来看看老街。

现在有空,他出门了。车就在门口,虽然老街离家只有两三里,但他开惯了车,他决定还是开车去。

上了车后,几乎是一踩油门,就到了。

老街是开不进车的,他只能把车停在街口。

三

街口坐着许多人。

当中有人认得他,一个人看着他从车里下来,便说:"这不是陈老歪的小儿子吗?"

一个人说:"不错,是陈老歪的小儿子,看样子发了,都买车了。"

他没注意别人在看他,他下了车后,径自往老街走去。

看着他走进了老街,一伙人便一起看着他,然后一个人说:"陈老歪的小儿子去老街做什么呢?"

一个人接嘴:"是呀,他去老街做什么?"

一个人说:"莫不是陈老歪去世了吧,他儿子来买棺材?"

一个人说:"肯定是这样,要不,陈老歪的儿子好好地来老街做什么?"

四

他没听到这些话,他往老街走去。但走进老街后,他大吃了一惊。他发现老街里那些店铺跟以前完全不同了。以前那些店铺卖各种各样的东西,糖果、糕点、裤子、鞋子、袜子等。但现在,街上只开一种铺子,那就是卖棺材。一家又一家,连在一起。他走了大概半条街,看见的,全是棺材铺。

他不想再走了,转身往回走,并很快回到了街口。

五

街口那伙人还在,一个人见他回来了,起身相迎,还说:"你是陈老歪的儿子吧?"

他点点头,问着说:"你是?"

"我是陈医生呀,你以前在我这里看过病,你父亲也经常在我这里看病。"

他认出来了,于是说:"是陈医生呀,好多年不见,我几乎认不出你了。"

陈医生说:"是好多年不见。"说完,陈医生上上下下看了他一会,问他:"你来这里是买棺材吧?"

他听了大为不悦,他说:"你才买棺材。"

陈医生就知道说错了,陈医生忙解释说:"不是骂你,老街现在专门卖棺材,全县有名,进去的人,差不多都是买棺材。再说你父亲一身的病,我以为他过世了。"

听陈医生这么说,他脸色好看了许多,他问陈医生:"你说我父亲一身的病?"

陈医生说:"可不,高血压、高血脂、高血糖,心脏还有毛病。"

他说:"真的,我怎么不知道?"

陈医生说:"你一直在外面,当然不知道,你最好带你父亲去大城市检查一下。"

他没再说什么,上了车匆匆把车开走了。

六

很快到家了,他看见父亲还在门口晒太阳。父亲当然看见他了,父亲说:"怎么就回来了?"

他没回答,只对父亲说:"爸爸,听说你有病?"

父亲说:"我有病,我有什么病?"

他说:"陈医生说你一身的病。"

父亲说:"陈医生真这么说的?"

他点点头。

父亲说:"可陈医生总对我说我没病,他对你说我有什么病?要不要紧?"

他说:"不知道,过两天我回广州,你跟我一起去检查一下吧?"

父亲点点头。

但这天晚上,他父亲就不行了。连夜送往县医院抢救,但还是不行,心肌梗死,没救。

七

这天,他又开车去了陈坊老街。下了车,他走进了老街,才走不远,一个人迎了过来,这人问他:"你来这里是买棺材吧?"

他点点头说:"是。"